honey

映画ノベライズ みらい文庫版

目黒あむ・原作／カバーイラスト
はのまきみ・著
山岡潤平・脚本

集英社みらい文庫

もくじ

人物紹介

小暮宗介

奈緒の母の弟＝叔父さん。奈緒を守るため、仕事を辞め、奈緒の両親の喫茶店「フェリーチェ」を継ぐ。奈緒の憧れの人。

両親代わり

小暮奈緒

超ヘタレでビビりな高校一年生。不良が大の苦手。幼いころに両親を事故で亡くし、叔父である宗介と二人暮らし。「怖い。ムリ。」が口癖。

最初はただただ怖い！だけど…

いきなりプロポーズ！

鬼瀬大雅

赤く染めた髪と鋭い眼光で“超”不良と恐れられるが、実際は人一倍純粋で、思いやりにあふれる熱き好青年。料理が得意。

ピュアすぎてほっとけない

矢代かよ

奈緒のクラスメイトで超クールな美少女。大学生の彼氏がいる。

熱すぎてウザい（笑）

三咲渉

鬼瀬のクラスメイト。素直になれずに、いつも自分の想いとは違う言動を取ってしまう。

恋心？

？

権瓦郁巳

過去に、鬼瀬と殴り合いのケンカをしたことがある、ちょっと素行が悪い大学生。かよの彼氏。

優しさに惹かれる

西垣雅

鬼瀬のクラスに編入してきた転校生。人づきあいが苦手。鬼瀬の優しさに触れ、ひそかに恋心を抱く。

honey
ハニー
映画ノベライズ
みらい文庫版

プロローグ

はげしい雨が降りしきる中――。

路地裏のごみ置き場で、少年たちがなぐりあいのケンカをしていた。

一人対三人。

髪を赤く染めた中学生の少年は、大学生の三人グループを相手に暴れていた。

少年は、リーダーの男に馬のりになり、いきおいをつけてなぐりかかる。

相手もだまってはいない。グループの一人が、そばに置いてあった自転車を持ちあげ、少年にうしろから近づいて、背中を思いきりなぐりつけた。

少年はばったりと倒れた。

三人は水をはねあげながら逃げていく。

やがて少年は、痛む体を起こし、フラフラと歩きだした。
けれど、力尽きて歩道に座りこんでしまう。
道ゆく人たちはだれも、ぼろ雑巾のようになだれている少年を助けない。
と、そのとき。
少年の傷ついた体を、赤い傘が覆った。
それから、手のひらに、なにか箱のようなものがのせられた。
よく見ると、かわいらしいミツバチのイラストが描かれた、絆創膏の箱。
パシャパシャと、だれかが水を蹴って走りさる足音も聞こえる。
少年は、ゆっくりと顔をあげた。
赤い傘。
ミツバチの絆創膏。
だれかが少年のために、置いていってくれたのだ。
「…………」
見知らぬだれかのやさしさが、少年の胸を鋭くえぐる。

雨といっしょに、少年のほおを涙が伝った。

とつぜんのプロポーズ

今日は高校生活、一日目。
真新しいブレザーの制服に身をつつんだ小暮奈緒は、正門前に立った。
ふわっとカールしたボブに、小柄な体。
不安げにあたりを見まわす様子が、いかにも気弱そう。
けれど、奈緒はぐっとこぶしをにぎって誓った。

私、小暮奈緒は、今日から変わります。
もうビビりでヘタレは卒業します！
もう『怖い』『ムリ』って言いません！
キモのすわった立派な女になります！

高校入学を機に、奈緒はだめなところを少しずつ変えていきたいと思っていた。

「……よし」

小さな声でそうつぶやき、正門をくぐりぬけたそのとき。

(えっ?)

目の前で乱闘をしている制服姿の男子たちが目に入った。

奈緒はケンカがきらい。不良も大きらい。

でも……どうしたらいいのかわからない。

(こ、怖いです……!!)

動くこともできずに立ちすくんでいると、ガツッとこぶしを食らった男子生徒が一人、奈緒のほうへ飛んできて——そのままいっしょに倒れてしまい——。

気づくと、男の子の顔が、奈緒のすぐ鼻先にあった。

この人、髪が赤い。

それに、目つきがすごく悪い。

背が高くて体も大きいし……乱暴そうだし……ふ……不良!?


今すぐ逃げだしたいけれど、体の上にのられていて動けない。

思わず見つめると、赤い髪の男子は鋭く奈緒をにらんだ。

そこへ、乱闘さわぎを聞きつけたのか、先生がやってくる。

「なにやってんだ、おまえら！」

ほかの男子たちがぱっと走りさる。

赤髪の男子は、先生に立たされ、どこかへつれられていった。

奈緒は恐怖のあまり、その場に倒れたまま固まっていた。

「……怖い……ムリ……」

気絶寸前。

正門の前で気合いを入れたばかりなのに、いきなり衝撃的な出来事にあったせいで、奈緒の心はすっかり折れてしまった。

一年C組の教室にたどり着いてからも、奈緒はどんよりうつむいて席に座っていた。

今日からクラスメイトになるみんなは、楽しそうにおしゃべりをしているのに。

とそのとき、うしろのほうからなにかが飛んできて、奈緒の頭にあたった。

(なに?)

ふりむくと、やんちゃそうな女子が四人、ひとつの席に集まり、奈緒をねらって丸めた紙を投げている。

一人の投げた紙玉が、奈緒の鼻にあたった。

「イエーイ! 鼻五十点!」

四人が笑う。奈緒が見つめると、ぎろりとにらみかえしてこう言った。

「なに?」

まるで奈緒のほうが悪いみたいな口調。

(え……えええええ?)

あまりの出来事にびっくりして、そして怖くて、奈緒は声もだせないまま四人から目をそらしてしまった。

すると、その場を通りかかった一人の女子がつぶやく。

「ダサ」

矢代かよだった。

かよは、美人で大人っぽいけれど、ちょっと冷たい雰囲気がある。

紙玉を投げていたグループを、さめた目で見おろすと、彼女たちが「はぁ？」とかみついた。

「ダサ。あんたたちも、だまってるあんたも」

かよが静かに言いはなち、奈緒を見る。

（そ……そうだよね。なにも言いかえせない私もダサいよね）

奈緒は悲しくなって、うつむいた。

ビビりでヘタレは卒業するって決めたのに。

ぜんぜん変われていない。

紙玉の的にされても言いかえせないし、ケンカを見ても立ちすくむだけ。

情けないな……。

そんなことをぐるぐると考えていると、とつぜん、教室中がしーんと静まりかえる。

顔をあげると、みんなが教室の入り口に視線を向けていた。

(えっ、なに?)

そこに立っていたのは、目つきの悪い男子生徒。

朝、ケンカをしていた、髪の赤い不良だ――。

(目を合わせちゃいけない!!)

奈緒はあわてて顔をふせた。

ドスドスと重たい足音が近づいてくる。そして、奈緒の前で止まった。

えっ、止まった!?

「小暮奈緒」

(う、うそでしょ……)

あの不良男子が、奈緒の名前を口にしている。

とっさに奈緒は、小暮奈緒ではないフリをすればいいんじゃないかと考えて——。

「ちがい、ます」

目を細くして口をすぼめて、顔をあげた。これなら別人みたいに見える……はず？

でも、どうやら別人には見えなかったらしい。

「放課後、体育館裏で待ってる」

と言いのこすと、赤髪の男の子はドスドスと歩きさった。

クラス全員が驚いている。もちろん一番驚いているのは奈緒だ。

(なんでっ……!?)

どうしてあの人に呼びだされなくちゃいけないんだろう。

なにか気に障るようなことでもしたんだろうか。

おびえきった奈緒をしりめに、教室中がざわつきはじめた。

「さっきの、D組の鬼瀬大雅だろ？」

「鬼!? すげー名前だな」

「朝も、理由なく先輩になぐりかかったらしい」

「中学んときも問題起こしまくってたんだってよ」

そんな声が奈緒の耳に届いたあと、だれかがこう言うのが聞こえた。

「あの子、鬼の友だちなの？ 関わんないほうがいいよね」

あの子というのは、奈緒のことだ。みんなが奈緒のまわりから、一歩うしろへサッとさがっていく。

かよだけは、その様子を、あいかわらずさめた目で眺めていた。

奈緒は途方に暮れ、ますます猫背になってうつむく。

どうして私、入学早々こんなことに巻きこまれちゃったの!?

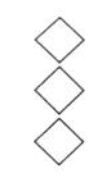

放課後、奈緒は言われたとおりに体育館の裏へ向かった。

呼びだした鬼瀬は、先にその場所に立っていて、手を体のうしろにまわしている。

まるでなにかを隠しもっているように、奈緒には見えた。

えっ、待って。ナイフ？

私、刺されるの？

（天国のお父さん、お母さん。登校一日目にして、どうやら私もそちらに行くことに――）

奈緒は覚悟を決めると、前へ進みでて、鬼瀬と向かいあわせになった。

見あげる勇気なんてない。

背が高い鬼瀬がどんな表情をしているのか、わからない。

すると、鬼瀬がうしろにまわしていた手をさっと前に持ってきた。

（刺される！）

奈緒は思わずぎゅっと目を閉じた。

けれど、いっこうに刺される気配がないし、それどころか、なんだか甘くていい香りがする。

おそるおそる目を開けてみた。

(えっ!?)

なんと、奈緒の目に飛びこんできたのは、ナイフではなく、大きな花束。

かわいらしくラッピングされたバラの花束だった。

気が抜けたのと驚いたのとで、奈緒が目をぱちぱちしていると、鬼瀬が言った。

「俺と、結婚を前提につき合ってください!」

「え……えええええええええっ!!」

奈緒はさすがに驚きすぎて、大声をあげてしまった。

てっきり刺されると思っていたのに、まさかの告白!?

鬼瀬は、それこそ鬼みたいな目つきでじいっと奈緒を見おろしているけれど、奈緒としてみればこんなのはじめから、答えはノーに決まっている。

「あの、えっと、私は、あの……不良のかたは……ごめ――」

「ごめ？」

（どうしよう。断ったらボコボコにされるのかな。だからってオッケーなんてしちゃったら、一生下僕として暮らさなくちゃいけないかもしれない）

視線をあげると、鬼瀬がにらんでいた。

この人きっと怒ってる。

こ、怖い。

おそろしさのあまり、奈緒は花束を受けとって、

「――ヨロシクオネガイシマス」

そう言ってしまった。

はぁ〜。

私の人生、終わった……。

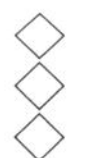

奈緒の家は、商店街にあるこぢんまりとしたカフェ。

「フェリーチェ」という名前のそのカフェを切り盛りしているのは、奈緒の母の弟、宗介叔父さんだ。

叔父さんといってもまだ二十九歳で、奈緒は「宗ちゃん」と呼んでいた。

奈緒の両親は、奈緒が六歳のころにトンネル事故で亡くなってしまった。そのあと、奈緒をひきとり、面倒を見ているのが、宗介だった。

お店のカウンターの中には、奈緒がまだ小さかったころの写真がたくさん飾ってあった。

中でも宗介のお気に入りは、奈緒が初めて補助なしの自転車にのれたときの写真。

自転車にまたがってピースサインをしている奈緒は、無邪気に笑っている。

その写真に見つめられ、宗介は心配そうにカウンターの中をうろうろしていた。

カウンター席では、近所の「バーバー田崎」の店主が、のんびりオムライスを食べている。

宗介が上の空なのに気づき、田崎が言った。

「奈緒ちゃん、心配？」

「ちゃんと友だちできたかな、あいつ」

「奈緒ちゃんだって、もう高校生だよ？」

宗介は、田崎の言葉も耳に入らない様子で、そわそわとレモンをカットしはじめた。

「まあ、あれだけかわいらしい姪っ子がいると、悪い虫がつかないか心配だねぇ」

そこへ、奈緒がよろめきながら帰ってきた。ただいまを言う元気もない。

「おかえり～」

声をかけた田崎に、奈緒がひょこっと軽く頭をさげる。

宗介もカウンターの中から奈緒に声をかける。

「おかえり」

奈緒は、宗介の笑顔を見たとたん、ほっとして泣きだしそうになった。

奈緒を守ってくれるのはいつでも宗介。だからつい、甘えてしまう。

「……宗ちゃぁぁぁぁん！」

かけようとすると、さっきまでお店で食事をしていた女性客が二人、「おいしかったですー」と言いながら、奈緒と宗介のあいだに割りこんできた。

（ちょ、ちょっと！）

奈緒があわててよける。

宗介は女性客へ向かってさわやかにほほえみ、伝票を受けとる。

「ありがとうございます」

「こんどお休みの日にごはんでもどうですか？　よかったらLINEしてください」

女性客二人は、IDを書いたメモを、宗介にわたした。

その様子を見ながら、奈緒があからさまにぶすっとしていると、田崎が言った。

「モテるんだよなぁ。前も声かけられてたよ」

「えっ、そうなの？」

「やっぱカフェやってるってオシャレな感じするから？　バーバーじゃダメ？」

田崎がまったくどうでもいいことを言っているけれど、そんな軽口につき合っている場合ではない。

奈緒は、宗介がうれしそうに女の人たちとおしゃべりをしているのが気に入らなかった。宗介をとられたような気分になったからだ。

女性客を店の外まで見送った宗介が、カウンターへ戻ってくる。奈緒が手に持っていたバラの花束に気づき、「あれっ？」という顔をする。

「それ、どうした？」

奈緒があわててバサッと花束をうしろに隠す。

花束を持っていたことを、すっかり忘れていた。

「もらった。こ……校長先生に！」

奈緒はしどろもどろでそう言いかえし、逃げるように店の奥へ入った。

そのうしろ姿を見送って、田崎がつぶやく。

「わかりやすいうそだな。男かな？」

「……男……？」

宗介はぎょっとする。
田崎の言うように、奈緒だってもう高校生。彼氏ができてもおかしくない。
自転車にのれなくて泣いていた、子どもの奈緒とはもうちがう……。
そんなことはわかっていたが、宗介はなんとも言えない気持ちになった。

なんとも言えない気持ちなのは、奈緒も同じだった。
夜になり、部屋に一人でいると、さっきのお店での様子が頭をよぎる。
「……宗ちゃんって、モテるんだ。ごはん、行くのかな」
奈緒は宗介のことが好きだ。
それが恋の「好き」なのかと聞かれると――奈緒にもわからない。
けれど、いつでもそばにいてくれる宗介は、奈緒にとってかけがえのない人だった。

奈緒のお弁当は、ずっと宗介が作ってくれている。

朝、奈緒がカバンを持ってキッチンに行くと、色とりどりのおかずをつめたお弁当が、もう用意してあった。

卵焼き、ウィンナー、野菜の煮物、ブロッコリーとトマトのサラダ――おかずは、ちゃんと栄養のバランスを考えたものばかり。

「おいしそー！」

お弁当箱をのぞきこんで、奈緒は思わずほほえむ。

「ブロッコリーもちゃんと食べろよ。体にいいから」

「宗ちゃんが作ってくれたものなら、体に悪くても食べる」

「それはやめろ」

楽しい朝のおしゃべりに、奈緒も宗介も笑った。

こんなふうにして、二人は支えあいながら暮らしてきた。

「では、行ってきまーす！」

と、元気よく外へ飛びだしたものの。

ふと昨日の出来事を思いだして、奈緒の表情はどんよりくもった。

昨日は鬼瀬におびえて、つき合うなんて返事をしてしまったけれど……。

「やっぱりちゃんと、ちゃんと断らなきゃ。鬼瀬くんとはつき合えません、私には、ほかに好きな人が――」

顔をあげると、通りの向こう側に、鬼瀬がむすっとして立っているのが見えた。

(な、なぜうちの前に!?)

「……家まで押さえられてる……」

思わずそうつぶやいてしまった。

でも、無視するわけにもいかない。

奈緒が猫背になって近づいていくと、

「はよ」

鬼瀬がぶっきらぼうに挨拶をする。奈緒もたどたどしく返事をした。

「お、はよう、ございます！」

「いっしょ、行こ」

「え、は、はい……」

逆らったりしたらひどい目にあいそうだ。奈緒は素直に返事をして、鬼瀬のうしろをついていった。

（言えない。ムリ）

おつき合いできないなんて……ほかに好きな人がいるなんて……。

やっぱり怖くて言えない！

◇◇◇

「昼めし、いっしょに食お」

お昼休みには、鬼瀬がむかえにきて、中庭までつれていかれた。

二人で廊下を歩いていると、まるで「関わりたくない」とでも言いたげに、みんながすーっと道を空ける。

奈緒はちぢこまりながら中庭まで歩き、鬼瀬とは少し距離を置いてベンチに座った。

カチコチに固まっている奈緒に、鬼瀬がお弁当箱を差しだす。

「えっ？」

「小暮のぶんも作ってきた」

（私の、ぶんも？）

奈緒は宗介のお弁当をそっとうしろへ隠し、とまどいながら鬼瀬のお弁当箱を受けとる。

バンダナでとてもていねいにつつんであった。

それをほどき、フタを開ける。

すると――。

鬼瀬のお弁当は、まるでお花畑のようにかわいかったのだ。

軽くにぎったごはんの上には、ふりかけとバラのような飾りがのっている。リボンの形をしたパスタや、くるくる巻いて花びらのように仕あげたハムもかわいらしい。

（なんだろう、このおそろしいまでのギャップは……）

驚いた奈緒は、鬼瀬とお弁当を、かわるがわる見つめてしまった。

すると、鬼瀬がけげんそうな顔をする。

「なに？」

「いえ……。料理、得意なんですね」

「母さんと二人暮らしでさ。メシは俺が作ってるんだ」

「そう……なんですね」

奈緒はおかずをひとつ、お箸でつまんだ。

(これは、お豆腐ハンバーグかな)

食べようとする奈緒を、鬼瀬は真剣な顔つきでじいっと見ている。

そんなに見られたら食べづらいけれど……。

「いただきます」

ぱくっと口に入れてみて、奈緒はまた驚いてしまった。

とってもおいしかったのだ。

「おいしいっ!!」

鬼瀬が、照れたように「そうかよ」と言い、くしゃっと笑う。

その笑顔が、まるで子どもの笑顔みたいにキラキラしていて。

奈緒の緊張はすっかりとけてしまった。

「単純かもしんないけど、将来、料理人になって店とか持ちたいって思ってんだ」

「すごい。夢があるんですね」

「夢っていうか、好きなことやれたらいいなってだけ」

奈緒はお箸とお弁当箱を手にしたまま、思わずぐいっと鬼瀬に近づいた。

頑張っている鬼瀬をはげましたかったし、こんなにおいしいお弁当を作れる鬼瀬なら、きっと腕のいい料理人になれると思った。

奈緒は気弱だけれど、本当は感激屋で、素直に気持ちを伝えられる女の子だ。

「いや、でもいいと思います！　ホントにおいしいし！　食べる前は『まずい』って言ったらなぐられるかもって心配だったんですけど……」

鬼瀬がハハッと笑いだす。

「なんだよそれ。そんなことでなぐったりしねーし」

「え、あの、でもこのあいだ、なぐってらっしゃいましたよね」

初登校の日の朝、鬼瀬は乱闘さわぎを起こし、先生にひきずられていったのだ。

「ああ……あれは、あいつらが新入生にからんでたから」

「え？」

「文句言ったら、逆になぐりかかってきてさ。だから……しかたがなく」

そうだったんだ。

みんなは「理由もなく先輩になぐりかかっていった」と言っていたけれど、本当はそうじゃなかったんだ。

「俺、もう理由なくなぐったりしないって決めたからさ。意味なくケンカするやつなんか、きらいだろ？」

「……はい」

「小暮のいやがることはしない。悲しませるようなこともしない。小暮を、守る。約束する」

鬼瀬は、奈緒が勝手に抱いていたイメージと、まったくちがっていた。

みんながウワサするイメージともちがう。

本当はきっと、やさしい人。

それでもやっぱり、奈緒にはわからなかった。

どうして私になんて声をかけたんだろう？

「……なんで……私なんですか？」

「え？」

「だって、私なんて、ビビリでヘタレで、だれかに好きになってもらえるなんてぜったいムリだって――」

「そんなことない」

鬼瀬は、真剣な面持ちで答える。

「小暮は……俺が好きになった人だから」

なぜ鬼瀬がそんなことを言うのか、奈緒にはわからなかった。

初登校の日に、初めて会ったばかりなのに――。

結局、宗介のお弁当は、食べずにこっそり持って帰ることになってしまった。

だけど、かわりに気づいたことがある。

告白の花束。
手作りのお弁当。
夢を持っていること。
新入生を助けたこと。
帰り道、いっしょに歩道を歩いていると、鬼瀬はなにげなく道路側に移動してくれる。
おしゃべりをしていると、鬼瀬はけっこうよく笑う。
ときどき、ちょっと照れた顔をする。
鬼瀬くんって、怖いと思っていたけれど、すっごくやさしい人だ。

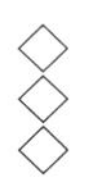

つぎの日も、鬼瀬は奈緒の家の前で待っていて、二人はいっしょに登校した。

廊下で「じゃあね」と声をかけあって教室へ行くと、あの意地の悪い女子グループの二人が、奈緒に近づいてきた。

「ね、あんたマジで鬼瀬の女なの？」

「え……あ……えっと……」

「どこがいいの？　中身クソなんでしょ？」

奈緒ははっとして顔をあげた。

どうしてそんなひどいことを言うんだろう。

鬼瀬くんのこと、なんにも知らないくせに。

奈緒はそう言いかえしたかったけれど、勇気がなくて口ごもってしまう。

そのとき、教室の一番うしろから、きっぱりとした声が飛んできた。

かよだ。

「だれがだれを好きになろうが、あんたたちに関係なくない？」

それを聞いた女子二人は「またおまえかよ」だとか「てか、おまえこそ関係ねーだろ」

と、ぶつぶつ文句を言いながら、立ちさってしまった。

あの二人も、かよの迫力には太刀打ちできないのだ。

奈緒は、かよの席へ小走りで近よる。

「あ、ありがとう！」

と頭をさげると、かよはにこりともせずに答えた。

「べつにあんたを助けたわけじゃないから。なにも知らないくせに口出ししてくるやつがきらいなだけ」

「鬼瀬くん、みんなが思ってるような人じゃないです、たぶん。見た目、ちょっと怖いけど、でもやさしいんです」

「それ、あたしに言ってどうすんの？」

かよはそう言って、あきれたように教室の外へ行ってしまった。

「……ですよね」

そのとおりだ。

あの意地悪な二人に言うべきだったのに、それができなかった。

奈緒は、不甲斐ない気持ちで、かよのうしろ姿をしばらく見つめていた。

もう少し、私に勇気があれば。

放課後、そんなことを考えながら、奈緒はぼんやりと帰り道を歩いた。

家の近くまで来たところで、ふと立ちどまる。

店の中から宗介がでてきたのが見えたのだ。

いっしょにいるのは、すらりとしたきれいな女の人だった。ハイヒールのパンプスをさっそうと履きこなし、首もとで輝くパールのネックレスも大人っぽい。

とっさに奈緒は、ものかげに隠れた。

耳を澄ますと、宗介たちの会話が聞こえてくる。

宗介が「俺のエプロン姿はどう？」と聞くと、彼女は宗介の肩に手を置きながら、「まあ、あかな」なんて答えている。

今まで宗介が、あんなに近い距離で和気あいあいと会話する女性を、奈緒は見たことがなかった。

「……近い」

やきもきしながら宗介たちの様子をのぞき見ているうちに、奈緒ははっと気づいた。

あの女性を、どこかで見たことがあるのだ。

「あの人！」

思いあたることがあり、スマホで彼女の写真を撮る。

それからリビングへ行き、棚からアルバムをひっぱりだした。ソファに座り、アルバムを広げ、スマホの画像と写真を見くらべてみる。

予想どおり、アルバムに写真があった。

写真の中、スーツ姿の宗介のとなりで笑っているのは、さっきの女性。

宗介は以前、通信衛星ロケットの打ちあげプロジェクトに、エンジニアとしてくわわっていた。カフェに来ていた女性は、そのときの同僚のようだ。

奈緒が写真に見入っていると、

「今日、学校どうだった？」

とつぜん宗介の声がして、奈緒はあわててスマホを隠す。

「どうした？　アルバムなんか見て」

「あ……ちょっと……あの……この人がお店から帰るところ、見かけて。見おぼえある
なーって思って」

「ああ、葵さん。むかしの職場の同期だよ」

そう言い、宗介は奈緒のとなりに座り、アルバムをのぞきこむ。

宗介の体がぐっと近づいて、奈緒は胸がドキンと高鳴った。

「奈緒、姉さんに似てきたな」

「えっ？」

宗介は、アルバムの中に貼ってある家族写真を見ていたのだった。

亡くなった奈緒の父と母。それから奈緒。

みんなこちらを向いて、にっこりほほえんでいる。

「奈緒が生まれたころ、ぜんぜん自分に似てないって、姉さんすごいブーブー言ってたん

だよ。女の子は父親に似るからって、俺がいつもなぐさめてた」

「……そうだったんだ」

なつかしそうに話す宗介の声を聞いていたら、とてもあたたかい気持ちになってきた。

奈緒はふふっと笑う。

「ありがと」

「え？」

「私、今まで、自分が一人だって思ったこと、一度もなかったなと思って。お父さんとお母さんは死んじゃったけど、宗ちゃんがかわりにそばにいてくれたから」

宗介は照れてしまったのか、決まりが悪そうに答える。

「いやほら、俺は前の仕事、ぜんぜん向いてなかったからさ。のんびりカフェやれてよかったよ」

「……でも、ありがとう」

宗介は「なに言ってんだ」と笑いながらソファを立つ。

立ちあがりざま、宗介は奈緒の頭を愛おしそうになでた。

奈緒が子どものころからずっと変わらない、やさしい手。
そんな宗介のことが、奈緒は大好きだったし、心の底から感謝をしていた。
いっしょにいて一番落ちつく相手。安心できる相手。
（私やっぱり、宗ちゃんのことが大事……）

ふと鬼瀬のことを思いだして、胸が痛む。
私にはほかに大事な人がいるのに、鬼瀬くんとつき合っていていいのかな？
それってすごくズルいことだよね？
鬼瀬くんは見た目とはちがい、やさしくて正直な人。
だからこそ、私も鬼瀬くんに対しても正直でいたいのに……。
なかなか本当の気持ちを言いだせない自分が、とてもいやだった。

友だちになりたい

入学して最初の行事は、一泊二日の宿泊研修。

キャンプや体験学習をとおして、生徒同士の親睦を深めるのが目的らしい。

その日、Ｃ組とＤ組の生徒は、大教室に集まり、班決めをすることになった。

ビビりでヘタレの奈緒は、こういうときに積極的に輪の中へ入っていけない。

（でもＤ組には鬼瀬くんがいるし……）

少しはなれた席に座っている鬼瀬を見やると、鬼瀬も奈緒を見た。

担任の先生が、黒板の前で班決めの説明をはじめる。

「――ええと、月曜の宿泊研修の班ですが、Ｃ組はＤ組と合同で、四人一組の班を作ってもらいます」

教室の中がわいわいさわがしくなり、あちこちでグループができはじめた。

でもやっぱり鬼瀬と奈緒はみんなから避けられていて、だれも同じ班に入れてくれない。

「班、まだ決まってない人、手をあげてー」

先生が言い、奈緒と鬼瀬がそっと手をあげる。

教室を見わたしてみたら、ほかにも二人、手をあげた人がいた。

一人はかよ、もう一人はD組の男子、三咲渉だ。

三咲は、かわいらしい顔だちをほおづえでゆがめ、一人でふてくされていた。

「じゃあそこ四人、決まりね」

すると、教室のあちこちで、こそこそしゃべる声が聞こえはじめる。

――ぼっちグループ誕生。

――あまりものの寄せあつめ。

三咲は、そんなふうに笑われるのが耐えられなかった。とつぜんガタガタッと席を立つと、リュックを持って教室をでていく。

とっさに反応したのは鬼瀬だ。

「三咲……」

三咲のあとを追いかけて教室を飛びだす。

廊下で追いついた鬼瀬は、三咲の腕をつかんで止めた。

「はなせよ！」

そう叫ぶと、三咲は鬼瀬の手をふりはらい、大またで歩きさった。

奈緒もやってきて、三咲のうしろ姿を心配そうに眺める。

鬼瀬がぼそっとつぶやいた。

「あいつ、中学までカナダにいたらしくて、クラスになじめてないっていうか、なじもうともしないで、つっぱってるんだよ」

「そうなんだ……」

「ほんとは、それでいいわけないくせにさ」

鬼瀬がおせっかいを焼くのは、三咲の気持ちがよくわかるからだ。

三咲のように、だれにも心を開かず過ごしていたことが、鬼瀬にもあったから——。

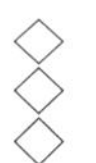

宿泊研修の一日目は、飯盒炊さんでカレーを作るのが、最初の作業。

森の中のキャンプ場で、まだ日が高いうちから生徒たちは班にわかれて調理をした。

あちこちから、おいしそうなカレーのにおいがしてくる。

奈緒たちの班も作りはじめたが、三咲だけは地面に置いたリュックにもたれ、スナック菓子をほおばりながら漫画を読んでいる。

リュックには、変わった形の飾りがぶらさがっていた。

手のひらにおさまる大きさの丸い網に、羽飾りが二つくっついている。

これは「ドリームキャッチャー」という魔除けのお守り。

三咲は、このお守りを大切にしていた。

まったく協力する気がない三咲を見て、かよが文句をつける。

「手伝いなよ」

「食べる専門」

そう答えた三咲のリュックを、かよはつかんでとりあげた。リュックが想像以上に重くてびっくりする。

「重たっ。なに入ってんの？」

三咲は漫画から目をはなそうとしない。かよを見もせずに答える。

「漫画」

「は？」

「夜、部屋で読む用」

「感じワルッ」

「おまえに言われたくないし！」

三咲は、やっと漫画から顔をあげ、かよにキレた。たき火を起こしていた鬼瀬が止めに入る。

「ケンカなんかするな」

こんどは鬼瀬にキレた。

「おまえに言われたくないし！」

鬼瀬は入学早々、上級生と乱闘さわぎを起こした。

そのとき、三咲もその場で乱闘を見ていたのだ。

「……そりゃそうか」

鬼瀬がしゅんとしてひきさがる。

かよはかよで、イラつきながらじゃがいもをむいている。

奈緒は気が気ではなかった。

(雰囲気、ピリピリしてるなぁ……)

◇◇◇

食事のあと、三咲はほかの三人からはなれ、川のほとりへ向かった。

一人になりたかったのだ。

川沿いにちょうどいい岩場を見つけ、漫画を開く。

すると、クラスメイトの男子二人が近づいてきて、わざと三咲に聞こえるようにしゃべりはじめた。

「三咲ってさぁ、一人がいいなら学校辞めりゃよくね？」

「感じ悪くて、マジ目障りなんですけど」

あからさまないやがらせ。

三咲は無視して、漫画を読みつづけた。

そんな三咲に腹を立てた一人が、リュックをボコッと蹴る。

「あれー。なにかあたったんですけど？」

蹴られた衝撃で、リュックにつけていた羽のお守りがちぎれて飛んだ。

「…………!!」

三咲が手を伸ばしたが、お守りは川の中へ落ちていく。

あれは大事なもの。失いたくない。

その一心で、三咲はあとさき考えず川に飛びこんだ。

バシャバシャ――。

水の音があたりにひびく。
まずいと思ったクラスメイト二人が走って逃げた。
三咲は必死に手を伸ばした。
お守りをつかんだものの、水を飲んでしまった。
(このままだと、おぼれる！)
苦しくて力が抜け、手からはなれたお守りが流されていく――。
そのとき、沈みかけた三咲の体を、だれかがぐいっと引きあげた。
見ると、鬼瀬が片手で三咲をつかみ、片手でお守りをつかんでいた。
二人はふらつきながら岸へあがる。
と、ちょうどそのとき、奈緒とかよがかけつけた。
鬼瀬も三咲もびしょぬれだ。
三咲は、ゲホゲホと咳きこむと、つかまれていた鬼瀬の腕を、いらだたしげにふりはらった。

「よけいなことすんじゃねぇよ！」

「おまえと友だちになりたいと思ったんだよ」

「……友だちなんかいらねぇよ！」

だれかと仲良くなりたいと思うから、それができなかったときにつらくなる。

それならいっそ、友だちなんてほしがらなければいいんだ――三咲はそう思っていた。

ヤケになって怒鳴る三咲に、鬼瀬がつかみかかる。

「強がってんじゃねぇよ！」

三咲がはっと息をのむ。

胸ぐらをつかんできた鬼瀬の目が、真剣だったからだ。

「ぜんぶ一人で抱えこめねぇだろ。ほんとにつらいときに、つらいってこぼせるヤツがそばに一人もいねぇと、つぶれそうになるんだよ。三咲がなんて言おうと――」

鬼瀬が、三咲の手にお守りをにぎらせる。

「――俺は友だちとして、おまえのそばにいるからな」

こんなことを言われたのは、日本へ来てから初めてだった。

三咲は中学までカナダにいた。帰国子女で勝手がわからず、いつも孤立していた。

気づけば、まわりに壁を作って過ごしていた。

そんな三咲には、鬼瀬の言葉が心にひびいた。

泣きそうになるのをぐっとこらえ、三咲はそっけなくきびすをかえして、リュックをとりに岩場へ戻る。

それから鬼瀬のほうへふりむく。

「早く戻って着替えねぇと風邪ひくだろ。……鬼瀬」

少し気まずそうな顔をしてそう言うと、そっぽを向いてずんずん歩きだす。

「おお」

鬼瀬はニヤっと笑って返事をする。

三咲が名前を呼んでくれて、とてもうれしかった。

鬼瀬は、おせっかいと言われようと、ひとりぼっちでいる人間をほうってなんておけなかった。

さっきまで心配そうにしていた奈緒とかよも、ほっと表情をゆるませる。

もう四人のあいだに、ピリピリした雰囲気はなかった。

四人でキャンプ場へ帰る途中、鬼瀬は川原にジャージの上着を忘れてきたことに気づいた。

川に飛びこむときに脱いで、そのままだ。

「あ……ジャージ忘れた」

とりに戻ろうと立ちどまった鬼瀬に、奈緒が申しでる。

「私、行ってくる！　鬼瀬くんは早く着替えて。風邪ひいちゃうから」

「でも……」

「大丈夫！　行ってきます！」

奈緒は自信たっぷりにそう言うと、はりきってぴゅんと走りだした。

川まではそんなに遠くない。

奈緒も、それから鬼瀬たちも、すぐに行って帰ってこられると思っていた。

ところが、奈緒はなかなか帰ってこなかった。

皿や鍋のあとかたづけをしながら、鬼瀬はだんだん不安になってきた。

「小暮ってまだ帰ってこないの？」

「まだだよ」

三咲もかよも、奈緒の姿を見ていない。

さっきの川原までは、ほんの数分で行けるはずなのに。

おかしい……。

鬼瀬は手に持っていた鍋をほうりだして、山道を走りだした。

川原にはすぐにたどり着いたが、ジャージはまだそこにあった。

ということは、こんなに時間が経っているのに、奈緒はまだここへ来ていないのだ。

「小暮！」

近くにいないかと大声で叫んでみたが、返事はない。

空が明るいうちにさがさないと——。

ただでさえ山道は暗いのに、日が暮れてしまったら大変なことになる。

鬼瀬はまた走りだした。


そのころ奈緒は、山道をきょろきょろしながら進んでいた。

なんとなく、さっき通った道と雰囲気がちがう気がする。

「私は、ビビリじゃない……ヘタレじゃない……」

呪文のようにつぶやきながら歩く。

「……あれ？　こんな道、通ったっけ？」

川はこんなに遠くなかったはずなのに……。

奈緒はあせって小走りに進みだした。

すると、トンネルが見えてきた。

道のわきには『山城川、この先』という表示が立っているから、ここを抜ければ川に着くようだ。

けれど、トンネルの中は暗く、小さな明かりがついているだけ。出口も、ここからだと見えなかった。

(怖い……)

足がすくんでしまい、立ちどまる。

そのとたん、子どものころの記憶がよみがえった。

暗い夜。

部屋にひとりぼっち。

ひざを抱えて床に座り、両手の指をからませてガタガタ震えている。

お父さんとお母さんは帰ってこない。

それは、トンネル事故で両親が亡くなった日の様子だった。

目の前に現れた暗いトンネルが、奈緒のつらい記憶を呼びさましたのだ。
おそろしい思い出をふりはらうように、奈緒はこぶしをにぎって気合いを入れた。
「……大丈夫！」
そして、そろりそろりとトンネルの中へ進んでいく。
ところが、しばらく進んだところで、とつぜん明かりがプツッと消えてしまった。
トンネルの中は真っ暗。
あの日の記憶がまた、奈緒の頭をよぎった。
両手の指をからませると、体がガタガタ震えだす。
息がうまく吸えない。吐けない。
「ムリ……怖い……助けて……助けて……」
胸が苦しい。
パニックに襲われた奈緒は、立っていられなくなり、その場に座りこんだ。
だれか、助けてほしい。
こういうときに、いつも助けてくれる人は――。

「……宗ちゃぁぁぁん!!」

奈緒が力いっぱいに叫んだその直後、トンネルの中にもうひとつの声がひびいた。

「小暮!」

だれかが走って近づいてくる足音。

奈緒が顔をあげると、そこにいたのは、息を切らせた鬼瀬だった。

「大丈夫か!?」

「うわぁぁぁぁ……!」

奈緒は鬼瀬にしがみつくと、堰を切ったように泣きだした。

◇◇◇

奈緒と鬼瀬は、二人並んでゆっくりと帰りの山道を歩いた。

さっきの出来事がうそみたいに、空は晴れていて風が心地よい。

「ごめん」

奈緒があやまると、鬼瀬はやさしくほほえんだ。

「気にすんな。なんともなくてよかった」

そうじゃない、と奈緒は思った。

さっきのことじゃなくて、私があやまりたいのはべつのこと。

「……お、鬼瀬くん」

鬼瀬がふりかえる。

「ごめん……なさい！」

奈緒は頭をさげた。

「私、本当は、本当はほかに――」

「好きな人、いるんだろ？」

鬼瀬はおだやかにそう言った。

「知ってたよ。小暮が俺のこと、怖くて断れなかったのは」

鬼瀬はほほえんでいるけれど、すこしさびしそうにも見えた。

「……ごめんなさい。鬼瀬くんの気持ち、踏みにじって……」

「おあいこ」

「え？」

「俺も、小暮が困ってるのわかってんのに、ちょっとでもいっしょにいたくて、気づかないフリして勝手に幸せもらってたから」

「鬼瀬くん……」

それからしばらく、二人はだまって歩いた。

しんとした中、チチチと小鳥のさえずる声が聞こえてくる。

「小暮が好きな人って、宗ちゃんさん……って人？」

奈緒はドキリとして鬼瀬を見つめ、うなずいた。

鬼瀬は聞いていたのだ。

トンネルの中で、奈緒が叫んでいた名前を。

「……宗ちゃんはね、叔父さん。お母さんの弟」

「えっ……」

「六歳のとき、お父さんとお母さん、トンネルの事故で死んじゃったの」


奈緒はあの日のことを、よく覚えている。

いつもと変わらない、夕方の時間。

父と母は、すぐに帰るつもりででかける準備をしていた。

「お母さんたち、ちょっとお客さんのお見舞いに行ってくるわね。すぐに帰ってくるから、一人でお留守番できる？」

母に聞かれて、六歳だった奈緒は元気よく答えた。

「できるよ！」

父が笑う。

「おお、えらいな！」

けれど、いくら待っても、父と母は帰ってこなかった。

奈緒はひとりぼっちで暗い部屋の中に座りつづけた。

怖くて、不安で、体がガタガタ震えだす。

そのとき、部屋に飛びこんできたのが宗介だ。

「奈緒!!」

宗介が、小さな奈緒の体をしっかりと抱きしめる。

「俺が奈緒のお父さんとお母さんになってやる。ずっとそばで奈緒のこと守ってやる。いつも『おかえり』って言ってやるから」

それを聞いて、奈緒は直感した。

お父さんとお母さんが、もう二度と帰ってこないということを。

奈緒は宗介にしがみついて泣きじゃくった——。


鬼瀬は、言葉を選びながらゆっくりと話す奈緒の声を、静かに聞いていた。

「宗ちゃんは、お父さんとお母さんがやってたカフェを継いでくれて、ほんとに、ずっとそばにいてくれて……。いつの間にか好きになってた。でも、気持ち悪いよね？ 血のつながった叔父さんを好きなんて」

「そんなことない」

鬼瀬はきっぱりと言いきった。

きっと宗ちゃんさんは、自分のことより小暮のことを大切に思っている。もしかしたら自分のことなんてあとまわしにして、小暮を見守ってきたのかもしれない――。

だから鬼瀬は、気持ち悪いだなんて、ちっとも思わなかった。奈緒が宗介を好きになるのはあたりまえだ。

「宗ちゃんさんって、すげーかっけぇ人なんだな」

「……うん」

奈緒は幸せそうに答える。

鬼瀬は、まっすぐで思いやりのある奈緒のことが好きだった。

小暮が幸せなら、俺が身をひくことくらい簡単だ――そう思った。

「なあ。よかったら、あらためて友だちになってくれないか」

鬼瀬が言うと、奈緒が少しびっくりしたような顔をした。

「……あ、気持ち悪いか。自分にほれてるヤツと友だちなんて」

奈緒は思いっきり首を横にふる。

びっくりしたのは、友だちになろうなんて言ってもらえるとは思っていなかったからだ。

好きな人がいることを隠して、つき合うフリをしていたのに、それでも友だちでいてくれるなんて。

ただただ、うれしい。

「友だちに、なりたい」

奈緒がそう答えると、鬼瀬はほっとしたように笑った。

「……よかった……」

◇◇◇

宿泊研修から帰ってきた奈緒は、閉店後のカフェのカウンター席に座り、スマホの画面を宗介に向ける。そして、撮ってきた写真をつぎつぎに見せた。

目の前にある大好物のオムライスもそっちのけで、おしゃべりを続ける。

「ねえ宗ちゃん。鬼瀬くんて、料理すごくうまくて、三咲くんやかよちゃんも、おいしさに感動したんだよ！」

みんなで並んでピースサインをしている写真。

カレーを食べながら笑っている写真。

どれも奈緒にとっては、忘れられない思い出。

「オムライス、早く食べないとさめるぞ」

「あ、そうだね。いただきます」

奈緒は幸せそうにほほえむと、スプーンを手にとった。


そのころ鬼瀬も、家のキッチンでスマホを眺めていた。

鬼瀬の家は小さなアパート。忙しく働く母と二人暮らしをしていた。

テーブルの上には、鬼瀬が作った夕食が用意してあった。

何枚も撮った写真をスクロールさせ、奈緒の写っている写真で指を止める。

そのとき、母が仕事から帰ってきた。鬼瀬のうしろを通りざまに、スマホの画面をのぞきこんだ。

「なに？　好きな子？」

声をかけられた鬼瀬は、ビクッと飛びあがるほど驚いて、画面をふせる。

「……いや、友だち」

「へぇー」

母は面白がるように笑い、鬼瀬の頭をくしゃくしゃっとなでた。

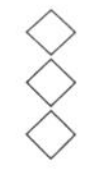

宿泊研修以来、鬼瀬と三咲は、教室移動のときや休み時間によくしゃべるようになった。
「はぁ!?　小暮とつき合ってねーの!?」
廊下を歩きながら、三咲がびっくりして聞く。
鬼瀬と奈緒がつき合っているらしいというウワサは、みんなに知れわたっていた。だから三咲も、二人はつき合っていると思っていたのだ。

「……まあ、なんていうか、フラれた」

「で、なに？　あきらめんの？」

「え」

「じゃー、俺があいつとってもいいわけ？」

三咲がそう言うと、鬼瀬は深刻な顔をしてうつむいた。

「冗談だよ。俺は小暮なら、矢代のほうがマシ」

それを聞いて、ほっとする。

けれど、ほっとするなんておかしな話だ。もう、そういう立場じゃない。

「……小暮は……友だちだから」

鬼瀬は自分に言いきかせるように、そうつぶやいた。


C組では、奈緒とかよが、雑談をしながら休み時間を過ごしていた。

ひとつの机をはさんで座り、かよは退屈そうにファッション雑誌を読んでいる。

「じゃあ、ビビって『つき合います』って言っちゃっただけなの？」

かよが雑誌のページをめくりながら聞く。

「でも、今はぜんぜんビビってないよ。やさしいところいっぱい知ったし、笑った顔とかあたたかいし。照れた顔とかも、なんかかわいいなって思うときもあるし」

かよがニヤッと笑った。

「……ねえ、好きな人のこと話してるみたいだけど」

「えっ？　鬼瀬くんは、大切な友だち」

かよは、読んでいた雑誌から視線をあげ、奈緒をじっと見つめる。

「へぇ。じゃあちょっと、鬼瀬にキスされるの想像してみて」

「えっ!?　キ、キス!?」

と、奈緒はすっとんきょうな声をあげてから、目をつぶってみた。

想像してみよう……ええと……キス……キス——。

だれもいない砂浜。

寄せては返す波の音が聞こえる。

制服姿の奈緒と鬼瀬は、向かいあって立っている。

「小暮」

と鬼瀬がやさしくささやき、奈緒に顔を近づける。

奈緒が目を閉じようとした瞬間。

ザバッ、ザバッ、ザバッ――。

海からマッチョのライフセーバーたちが現れた。

七人……八人……いや十人はいるかもしれない。

おそろいの黄色い帽子と赤い海パンを身につけたライフセーバー軍団は、真っ白な歯をむきだしにし、笑いながら走ってくる。

そして、あっという間に奈緒と鬼瀬をとりかこんだ。

ライフセーバー軍団が「キース！　キース！　キース！」と二人をはやしたてる。

（えっ、えっ、なにこれ――）

「いやぁぁぁぁ」

奈緒が叫ぶと、そこで妄想は終わった。

「想像でも、できない！」

がっくりと机につっぷすと、かよがニヤッと笑った。

「ってか、これテスト」

「ん？」

「キスを想像しようとした時点で、けっこう好きって証拠」

（そんなはずない。だって、鬼瀬くんと私は友だちだから……）

奈緒が顔をあげると、ちょうど廊下を歩いていた鬼瀬と目が合った。

なんだか気まずくて、二人は挨拶もせずに視線をはずしてしまった。

家に帰ってからも、奈緒はかよとの会話を何度となく思いだした。

（私が好きなのは、宗ちゃん。鬼瀬くんは友だち……）

だけど、「好き」の気持ちそのものが、奈緒にはよくわからない。

かよや三咲のことも「好き」だし、天国にいるお父さんとお母さんも「好き」。

鬼瀬くんへの「好き」はいったいどれなんだろう。
そんなことを考えているとき、スマホからＬＩＮＥの通知音が聞こえた。
鬼瀬からだ。
『明日の放課後、勉強を教えてくれませんか？　中間テスト、やばいです』
奈緒はスマホの画面を見つめながら、思わずふふっとほほえんだ。
「なんで敬語？」
ふと、かよの言葉が頭をよぎる。

――キスを想像しようとした時点で、けっこう好きって証拠。

たしかに想像はしてしまったけれど。
(でも、鬼瀬くんのことは好きだけど、それは友だちとして……のはず)
考えれば考えるほど、わからなくなってくる。

いっぽう、鬼瀬は「既読」がついたままなかなか返信がこないトーク画面を見て、気が気ではなかった。

あのメッセージだって、どう書こうかとさんざん迷った挙句に、意を決して送ったのだ。

なぜか敬語になってしまったけれど。

「返信、こねぇ……」

鬼瀬はスマホを両手でかかげたまま、部屋の中をうろうろ。

しばらくしてピロリンと通知音が鳴ると、鬼瀬はぱっと顔を輝かせた。

つぎの日の朝、奈緒は寝不足のまま登校した。

「かよちゃんのせいで、ぜんぜん眠れなかった……」

いろいろと考えすぎてしまい、ちっとも寝つけなかったのだ。

頭もまぶたも、ぼんやりして重い。

フラフラと歩いていたら、二人のりのバイクが奈緒を追いこしていった。

バイクは校門の前で停まった。運転していた男とうしろにのっていた女子生徒が、シートをおりる。

「あ」

なんと、ヘルメットをとった女子生徒は、かよだった。

バイクを運転していたガラの悪い男にヘルメットをわたすと、二人は軽くキスをした。

「……さ、さすがです……」

かよの迫力に圧倒されて、奈緒はそうつぶやいた。

けれど、その様子を見ていたのは、奈緒だけではなかった。

三咲も、遠くからぼうぜんと眺めていたのだ。

図書館とキス

中間テストのための勉強会は、図書館でやることになった。

放課後。

奈緒と鬼瀬は、机をはさんで向かいあわせに座り、問題集と教科書を広げる。

「悪い。こんなこと頼むの、どうかと思ったんだけど」

「ぜんぜん。私でよかったら」

「ありがと」

鬼瀬が、きまりが悪そうに笑った。

こういう素直でうそのつけないところが、鬼瀬のいいところだ。

(鬼瀬くんのために、私も頑張ろう)

奈緒は気合いを入れた。シャーペンをにぎり、鬼瀬が問題をといていくのを見守る。

「えっと、そこはマイナスでくくって、平方完成」

「お、おお……あ、とけた。すげぇ」

問題がとけるたびに、鬼瀬は大袈裟なくらい感動している。なんだかかわいいなと、奈緒は思った。

鬼瀬がパラパラとページをめくり、小テスト問題を指さす。

「よし。つぎ、これやってみます、小暮先生」

こんなふうにふざけあえるのが、うれしかった。

奈緒はちょっと照れながら返事をする。

「……頑張りたまえ」

小テストは、全問とくのに十分ほどかかる。

奈緒はほおづえをついて、鬼瀬が夢中になって問題をとく姿を眺めていた。

窓から差しこむ西日が、ほっこりして気持ちがいい。

ゆうべが寝不足だったせいか、だんだんとまぶたが重くなってきた。

「よし、でき――」

と鬼瀬が顔をあげると、奈緒はほおづえをついたまま、コクリコクリと眠っていた。

その姿がほほえましくて、クスッと笑う。

と、奈緒のほおづえがカクッとはずれ、そのまま前のめりになった。このままだと机にぶつかってしまう。

鬼瀬はあわてて奈緒の頭と机のあいだに、左手を差しいれた。

手のひらには、奈緒のほおがのっている。

あたたかくて、少し重くて――。

「なんだこれ……」

鬼瀬は思わずつぶやいた。

この状況、どうしたらいいんだ？

手のひらをどかすわけにもいかず、じっと奈緒の横顔を見つめていたら、ぎゅっと胸が苦しくなってきた。

やっぱり奈緒のことが好きだった。

あきらめることなんて、簡単にはできない。

「バカ……。小暮は友だちだし……」

そう自分に言いきかせたけれど、ますます胸は苦しくなるばかりだ。

もっと話をしたい。

もっと近づきたい。

それに、すごくあったかくて幸せだ。

「……ダメだ……」

ダメだとわかっているのに。


鬼瀬は机に身をのりだす。

眠っている奈緒の唇に近づき。

気づいたら、キスをしていた。

奈緒は、唇になにかがフワッとあたるのを感じた。

なんだろう。

そっとまぶたを開いた。

すぐ目の前に、鬼瀬の顔がある。

気づいた鬼瀬が、ぱっとはなれた。

（……え？）

奈緒はぼうぜんとして目を見開き、唇をそっと指で触れた。


なに、今の？

もしかして……。


「ごめん、ほんとごめん！　わ、忘れろ！」

鬼瀬は机の上に広げていた問題集や教科書を、バサバサとあわててカバンの中へつっこんでいく。

そしてガタッと椅子をひくと、荷物をまとめて走りだした。

けれど、少し考えて、すぐにまた戻る。

「あの、や、やっぱり……忘れんな!!」

奈緒が驚いて鬼瀬を見あげる。

「自分勝手でごめん。気持ち悪いことしたってのも、困らせてるってのも、わかってる……。でも、忘れないでほしい!!」

「鬼瀬くん……」

「ごめん」

鬼瀬は、こんどこそ走りさった。


屋上までいっきに走ると、息を切らせて立ちどまる。

「なにやってんだよ……」

友だちになろうって決めたのに。

そばにいられるだけでいいって思ったのに。

ぜんぜんあきらめきれていない自分が情けなかった。

二人の距離

朝のホームルーム前。

奈緒はかよに、このあいだのキス事件についてこそっと相談をした。

「やるな、鬼瀬」

と、かよはよゆうのほほえみをうかべる。

「で、どうだったの？」

「なにがなんだか……」

「シンプルにうれしかったの？　いやだったの？」

いやでは、なかった。

でも、困ってしまった。

うれしくて天にも昇る気持ちというわけではない。

友だちなのにこんなことしちゃいけない、と思って、悩んでしまったのだ。

D組の教室では、鬼瀬もキス事件を三咲に話していた。

「チュー!?」

と、三咲が思いっきり大きな声をあげる。

まわりにいた生徒たちが、ちらっと三咲のほうを見た。

「声でけぇし」

鬼瀬があわてると、三咲が感心したように言う。

「おまえ、なかなかやるな」

「最低だ」

自分で友だちになろうと言っておきながら、我慢できずにキスをするなんて、自分はなんて最低なんだ。鬼瀬はそう思っていた。

でも、三咲には伝わらなかったようだ。きょとんとして「は？　なんで？」なんて言っている。

そのとき、担任の先生が、女子生徒を一人つれて、教室へ入ってきた。

長い髪を二つに結んだ女子生徒は、不安げな表情をして教壇に立っている。

「今日から編入する、西垣雅さんです」

雅は緊張している様子で、軽く頭をさげた。

三咲が鬼瀬のほうへふりかえって、「めっちゃかわいくね？」と笑う。

鬼瀬は、それどころじゃなかった。

頭の中にうかぶことといえば、奈緒のことばかりだ。

いったいどんな顔をして会ったらいいんだ……。


放課後になり、鬼瀬は数学の問題集を返しに、図書館へ行った。

書棚のあいだを歩いていると、同じく本を返しに来た奈緒と鉢合わせしてしまった。

「あっ」

「あ……」

「……このあいだは、あの……。ごめん！」

鬼瀬が頭をさげると、奈緒があわてて頭をあげさせた。

「き、気にしないで！　外国の人とか、ふつうにしてるし。挨拶で！　あ、でもそれはほっぺか……」

（やだ、なに言ってるんだろう、私！）

心臓がドキドキして声がうわずってしまう。

恥ずかしくて二人とも目を合わせられず、お互いにちがう方向に視線をずらした。

すると鬼瀬の視界に、机で本を読んでいる雅の姿が入った。

「西垣……？」

鬼瀬が気になったのは、雅の読んでいる本のタイトルだった。

黄色い表紙に『人づきあいが上手になる10のこと』とある。

そんな本を読んでいるくらいだから、積極的にみんなの輪に入るのは苦手なのだろう。

雅のいるほうへふりかえった奈緒に、鬼瀬が言う。

「……俺のクラスの転校生」

「あの本、私も読んだことある」

奈緒には、あの黄色い表紙に見覚えがあった。

奈緒も、気弱でひっこみじあんなほうだから、なにか参考にならないかとあの本を読んだのだった。

「『リラックスして話そう』って最初に書いてあるけど、それができないんだよね……。緊張して言葉がでてこないの」

「……そっか。緊張か」

もし雅がクラスになじめないでいるのなら、話しかけてみようと、鬼瀬は思った。

三咲のときと同じ。

鬼瀬は、ひとりぼっちでいる人を見ると、ついおせっかいを焼きたくなるのだ。

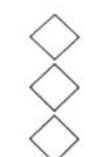

鬼瀬の思ったとおり、雅はクラスで孤立していた。
女子たちの会話に、うまく入っていけないのだ。

その日の朝も、鬼瀬と三咲がふと雅の席を見ると、うしろの席の女子たちと、びみょうな雰囲気になっていた。

「一限の数学、因数分解の小テストすんだって！」

「は⁉　マジ因数分解とかムリなんだけど！　待って待って、やりかたぜんぜん忘れたし」

そう言いあうクラスメイト二人に、雅はくるっとふりむいて話しかける。

「公式覚えれば、だれでもできるよ」

それを聞いて、二人は怒りだした。

「は？　なに？　今あたしたちのことバカにした？」

「私頭いいです自慢？」

雅はいつも人を怒らせてしまう。でも、どうして怒らせてしまうのか、よくわからなかった。

バカにしたわけでも、自慢したかったわけでもない。

公式さえ覚えてしまえばそんなに難しくないよと、教えてあげたかっただけ。あわてなくても大丈夫だよって。

「……べつに」

べつにそういうわけじゃないよ、と言いたいのに「べつに」で止まってしまう。

二人はますます不機嫌になった。

「はい『べつに』でました〜。スカシ入りました〜」

「なんか感じ悪いんだけど」

やっぱりまた感じが悪いと言われてしまった。いつもそう。

話すのが苦手なせいで、人を怒らせてしまう。

雅は前を向き、がっくりとうつむいた。


お昼休みも、雅は一人だった。

席でお弁当を広げようとしていると、鬼瀬がやってくる。

「いっしょに食おう」

雅ははっと顔をあげた。

髪が赤いし目つきは鋭いけれど、悪い人ではなさそう。

雅はうなずいて、鬼瀬といっしょに中庭へ歩いた。


中庭のベンチに座り、お弁当を広げる。

鬼瀬は一生懸命に雅に話しかけてきた。

「俺も、母さんの仕事の関係で、小学と中学ではけっこう転校してたてさ」

「……そうなんだ」

「最初、クラスに入るときって緊張するよな」

雅は、きっと鬼瀬もひとりぼっちだったことがあったのかもしれない、と思った。

私と同じように。


ちょうどそのころ、奈緒は校舎の二階の廊下を歩いていた。

中庭に顔を向け、驚いて思わず足を止める。

鬼瀬と雅が並んで座り、おしゃべりしながらお弁当を食べているのが見えたのだ。

(……鬼瀬くん、楽しそう)

友だちが楽しそうにしているのは、よろこぶべきこと。

それはわかっているけれど――。

奈緒の心はざわざわした。


雅は勉強が得意だった。数学の小テストは百点。

戻ってきた解答用紙を、うしろの席の女子二人組がのぞく。

「うーわ、満点。すご」

「あ～。あたしも数学の磯崎に媚び売ればよかったな～」

「どんなサービスしたんだろーなぁ」

「私を因数分解してください！　的な？」

そんなこと、していない。ふつうに勉強をしていただけ。

雅はそう思ったけれど、なにも言いかえせない。

おとなしくうつむいて、意地悪な二人がいなくなるのを、じっと待っていた。

するとそのとき。

「つまんねぇこと言うのやめろよ！」

鬼瀬がやってきて、ケラケラ笑う女子たちを一喝した。

まわりにいたみんながふりむき、女子たちも笑うのをやめる。

「みんな、西垣のこと誤解してる」

雅はつらかった。

意地悪をされるのもつらいけれど、鬼瀬にかばってもらうのだってつらい。

自分がもっと上手にふるまえれば、鬼瀬に迷惑をかけなくてもすむ。

いたたまれなくなって、ガタンと席を立つ。

そして、早足で廊下へ飛びだしていった。


奈緒は教室移動の最中だった。

わたり廊下に続く階段をおりていると、とつぜん鬼瀬の声が耳に飛びこんできた。

「西垣！」

奈緒はあわてて柱のかげに隠れ、そっとのぞく。

廊下の向こうから歩いてくるのは、雅と、それを追っている鬼瀬。

「おい、西垣！」

雅はわたり廊下の途中まで行くと、ぽつんと立ちどまった。

ふりかえらずにまっすぐ前を向いて、こぶしを強くにぎっている。

鬼瀬は、雅の背中に必死に話しかけた。

「人と話すの苦手なら、みんなにそう言えよ。話したいんだろ？」

「……べつに」

「緊張して言葉がうまくでてこないだけなんだろ？　小暮がそう言ってた」

雅はしばらくだまったあと、ぽつりぽつりと話しだした。

「……もともと話すテンポ、すごく遅くて、なに言おうか、考えているうちに、リアクション薄いとか、感じ悪いって、思われる」

雅がゆっくりとふりかえる。

「でも、べつに一人でいるの、慣れたから、平気」

「本気でそう思ってんのか？　平気って自分に言いきかせて、ほんとはちがうのに逃げて、自分のこと守ってるだけじゃねぇのか？」

雅はなにも答えない。

「俺も、中学のころ、そうだったから」

奈緒は柱のかげに隠れ、じっと二人を見つめていた。

立ち聞きするなんて趣味がよくないけれど、今でていくわけにもいかない。

それに、二人がなにを話しているのかも気になった。

鬼瀬は、やさしげな口調で、雅に語りかける。

「母さんと二人暮らしでさ、母さんのこと好きで。けど――」

中学生だったある日、鬼瀬は繁華街を歩く母を、偶然見てしまった。

見知らぬ男性といっしょだった。

働いている母はいつも帰りが遅く、休日も家にいないことがあった。それは仕事をしているのだからしかたがないと思って、我慢していた。

それなのに、本当は俺の知らないところで遊んでいたんじゃないか。

鬼瀬はそう思い、母に怒りをぶつけてしまったのだ。

――俺が邪魔なんだろ!?　だったらほっとけばいいだろ！　あの人のとこ行けよ！　ふざけんな！

そんなことを叫んで、家で暴れたこともあった。


「すげーショックでさ。裏切られて傷つくくらいなら、最初からだれとも関わんなきゃいいんだって思った。そんでヤケんなって、めちゃくちゃやって……」

大学生の男たちと雨の中で乱闘をしたのも、そんなときだった。

「けどほんとは、傷つくの怖くて、ただ逃げてただけだった」

ずぶぬれで歩道に座りこんでいた鬼瀬に、傘をかけて絆創膏をくれた人。

その人のおかげで、鬼瀬は立ちなおることができた。

母と向きあって話そうと思うことができたのだ。

「ちゃんと向きあって話したら、母さんのこと、ただの勘ちがいだったって、もっと早くわかったのに……。だからおまえも、ガツンと向かってみればいいんじゃね？」

「……そんなこと言っても、なにしていいか、わかんないし」

「話すの苦手なら行動でもいいから、自分をアピールしてみたら？　それでダメなら、またいっしょに作戦立てようぜ」

鬼瀬がニコッと笑い、雅はうなずいた。

鬼瀬がそう言ってくれるなら、心強かった。

「……わかった。やってみる」


柱のかげでそれを見ていた奈緒は、胸がぎゅっと苦しくなるのを感じた。

どうしてだろう。

私、ぜんぜんうれしくない。

正直な気持ちで

雅はまだ、うまくクラスメイトと話せないでいた。

でも、鬼瀬との約束を守りたかった。

逃げずにみんなと向きあわなくちゃ――。

その日の体育の授業はバスケ。中学の部活でやっていた、雅の得意なスポーツだ。

試合中、雅はボールをとると、慣れた手つきでドリブルをし、チームメイトに声をかけた。

「ゴール前、あがって」

チームメイトは、いつもうしろの席で雅をからかってくる二人組の一人、あいなだった。

あいなは言われたとおりにゴール前にあがり、雅がボールをわたす。

あいなの放ったシュートは、ゴールネットをゆらした。

「やった！」

初めてシュートが決まったあいなは、うれしそうに悲鳴をあげながらジャンプし、雅にハイタッチをした。

でも、試合が終わると、雅はまた一人になってしまった。

座って休憩をしていると、あの女子二人組がやってくる。

「バスケうまいね」

雅はびっくりしてしまった。いつもとちがい、今日は意地悪なことを言ってこない。

「……中学のとき、バスケ部、だった」

「へえ」

雅は、思い切ってぶつかってみることにした。

鬼瀬がアドバイスしてくれたように。

「あの、私、言いたいことがぜんぜん、まとまらなくて、だから、会話とかすごく遅いし苦手……。でも、しゃべりたいとは思ってる。バスケと勉強は得意。テストでわかんないとこあったら、ぜんぜん、教える」

一気にそこまで言うと、あいなが面白そうに笑った。

「いや、カンニングはまずいっしょ」

もう一人の子が、頼みごとをするように雅に手を合わせる。

「じゃあ大学替え玉受験、お願い！」

あいなが「似てない、バレるわ」とつっこみ、三人は笑った。

こんなふうに笑ったのは、転校してきてから初めて。

鬼瀬の言ったとおりだった。

怖がらずに自分のことをわかってもらおうとしたら、うまく伝えることができた――。


授業が終わると、雅はさっそく鬼瀬をさがして走った。

早く報告がしたかった。

廊下で三咲としゃべっている鬼瀬を見つけると、雅は笑顔で向かっていく。

「鬼瀬くん！　話した！　話せたよ！」

「おお、マジで!?　すげー、やったじゃん!!」

鬼瀬が、まるで自分のことのようによろこぶ。

「……ありがとう」

「ぜんぜんいいよ」

鬼瀬と雅がハイタッチする。

その横で三咲は、ふとC組の教室へ目をやった。

ドアからでてきた奈緒がこちらを見ている。

三咲と目が合った奈緒は、あわてて顔をふせて教室へ戻ってしまう。

三咲は奈緒の様子が気になった。

たぶん奈緒は、なにかを思い悩んでいる。

このままほうっておくわけにはいかなかった。

◇◇◇

奈緒は途方に暮れていた。

自分の気持ちがよくわからない――。

授業中も上の空。放課後になると、中庭へとぼとぼ歩いていく。

ベンチに座り、ふうっとため息をつく。

そこへ三咲がやってきた。

さりげなく近づいていき、しゃがんで奈緒の顔をのぞきこむ。

「なにしてんの？」

「あ……ううん、なんでもない」

「あー。うっざ」

三咲は背負っていたリュックをどすんと地面へおろし、奈緒のとなりに座った。

「なんでもないって顔してねぇじゃん」

ぶっきらぼうだけれど、三咲がとても心配してくれているのが、奈緒にはわかった。

奈緒は、ためらいながら話しはじめる。

「……わかんない……なんか、鬼瀬くんと西垣さんを見てると、変な気持ちになって……」

三咲はニッと笑い、自分のリュックについているお守り「ドリームキャッチャー」を、奈緒に見せた。

「これ、カナダの友だちが、俺が日本に帰るってなったときに作ってくれた、伝統的なお守り」

それは、丸い網と羽飾りで作られた、奈緒が初めて見る形のお守りだった。

「登校初日に、二年のやつらにダセぇってバカにされてさ」

あの日、正門を入ったところで、三咲はいきなり二年生の男子数人に因縁をつけられた。

——ハハ……ダッセー。

三咲は、お守りをバカにされたことにカチンときて、歯向かった。

——ダセーもんダセーって言って、なにが悪いんだよ。

と、怒った二年生は、三咲をつきとばし、羽のお守りを靴で踏みつぶそうとした。

そのとき、たまたま通りかかった鬼瀬が三咲を助けたのだった。

——人の大事なもん、踏みにじってんじゃねぇよ！

鬼瀬はそう叫んで、二年生たちになぐりかかった。

奈緒は、はっとした。

初登校の日に見た乱闘は、これだったのだ。

「あいつがなんで髪赤いか知ってる？」

三咲に聞かれ、奈緒はきょとんとした。

「えっ？」

「あれ、グレてるから赤いとかじゃねーんだよ？」


ある日、三咲は鬼瀬から聞かされた。

なぜそんな話題になったのか忘れてしまったが、内容はよく覚えている。

——むかしから戦隊ものが好きで。

あっけにとられている三咲に向かい、鬼瀬は大真面目に言ったのだった。

——で、リーダーのレッドがやっぱ一番かっけぇから。

——え？　それ、そのレッドなの!?

――うん。大事なもん、守れるように。

三咲は、こいつ実は天然だなと思って、ちょっとおかしくなった。

けれど、一番印象的だったのは、そう語る鬼瀬がとてもやさしい顔をしていたことだ。


あのときの会話を思いだして、三咲はクスッと笑う。

奈緒はしんみりと、でも少し驚きながら、三咲の話に耳をかたむけた。

「あいつは、自分の気持ちに正直っていうか。守りたいって思ったもんはぜったい守るって決めてんだよな。そこ、ぜんぜんビビんないっていうか」

おぼれかけた三咲のことを、川に飛びこんで助けたり。

クラスになじめない雅の相談相手になったり。

鬼瀬はためらわずにそういうことをする人間だった。

「……ま、ムカつくけど」

三咲は照れかくしにつぶやくと、リュックを抱えて立ちあがる。

「小暮も、自分の気持ちには、ビビんなくていいんじゃねーの？」

そう言いのこすと、静かに立ちさった。
奈緒の胸が、だんだんあたたかくなっていく。
今まで見たいろいろな鬼瀬の姿が、いろいろな鬼瀬の声が、頭にうかぶ。
登校初日、バラの花束をつきだして、いきなり告白したこと。
トンネルでパニックを起こしていた奈緒を見つけ、つれもどしてくれたこと。
図書館でのキスを「忘れないでほしい」と言ったこと。
(私、本当は……)
自分の気持ち。
気づいているのに、気づいてないフリをしているだけ。
私、鬼瀬くんのことが――。

奈緒は思いつめたように立ちあがり、かけだした。

前を歩く三咲を追いぬかし、

「ありがとうございます！」

と叫び、そのまま走っていく。

タッタッタッと走りさる奈緒のうしろ姿を見て、三咲はふふっとほほえんだ。

◇◇◇

西日の差しこむD組の教室は、もう鬼瀬と雅しか残っていなかった。

「じゃあな」

そう挨拶して教室をでようとした鬼瀬の制服を、雅がひっぱった。

「……鬼瀬くん」

鬼瀬がふりかえったが、雅はうつむいたままだ。

「どした？」

雅が顔をあげ、なにか言いたそうに口を開きかける。

と、そのとき。

バタバタッと大きな足音を立てて、奈緒が教室に飛びこんできた。

ガタンと机にぶつかり、ハァハァと息をはずませる。

鬼瀬と雅は、びっくりして奈緒を見つめた。

奈緒が深呼吸をして息をととのえる。

それから、たどたどしく話しだす。

「私……鬼瀬くんが、好き、みたいです」

言葉を失っている鬼瀬に、奈緒はたたみかけた。

「いや、好きです!!」

奈緒は、鬼瀬と雅に向かって、精一杯の気持ちをぶつけた。

「だから、西垣さんが鬼瀬くんと仲良くしてるのを見るのが、すごくつらくて……。西垣さん、ごめんなさい。すごく自分勝手だけど、それくらい鬼瀬くんのこと、好きなんです!!」

鬼瀬と雅に見つめられ、奈緒は泣きだしそうだった。

きっと西垣さんは、鬼瀬くんのことが好き。

わかっているけれど、それでも自分の気持ちにうそはつきたくなかった。

雅はちらりと鬼瀬を見た。

そして、気づいてしまった。

奈緒を見つめる鬼瀬の表情が、とても幸せそうなことに。

雅は、肩にかけたカバンの持ち手を、ぎゅっとにぎりしめて言う。

「小暮さん。私、鬼瀬くんとは、ただの友だちだから、心配しなくていいよ」

鬼瀬くんが好きな人は、自分じゃなくて小暮奈緒さん。

言葉なんてなくても、それははっきりしている。

「私が緊張してしゃべれないって、鬼瀬くんに教えてくれたんだよね？　ありがと」

親切にしてくれた小暮さんは、大事な友だち。だから邪魔してはいけない――。

ちょっとさびしいけれど、後悔はしていなかった。

雅は、涙があふれるのをぐっと我慢してほほえみ、教室をあとにした。


雅がでていき、教室がしんと静まる。

奈緒と鬼瀬、二人きり。

開けはなたれた窓からやわらかな風が入り、カーテンがゆらゆらゆれている。

「鬼瀬くんがキスしてくれたときね、私、本当はすっごくうれしかったの。自分でもびっくりして、どういうことなんだろうってずっと考えてたんだけど、簡単だった――」

奈緒が見あげると、鬼瀬はとまどったような顔をした。

「――鬼瀬くんのこと、いつの間にか大好きになってたんだって、気づいた」

「宗ちゃんさんのことは……？」

宗介のことは、奈緒もくりかえし考えた。

頼れて、甘えられて、いつでもそばにいてくれる存在。

今でも大好きであることには変わりない。

でも、鬼瀬が現れて「好き」にもいろいろな種類があることを知った。

宗介への「好き」は、鬼瀬を好きだと思う気持ちとはちがう。

宗介は、家族として好きなのだ。

「宗ちゃんは、やっぱり……私のお父さんとお母さんだったから……私が恋してるのは……鬼瀬くんだから！」

奈緒は一歩前へでて、鬼瀬に近づいた。


「……鬼瀬くん。結婚を前提に、私とつき合ってください!!」


鬼瀬の反応がない。

「あの、もしまだ好きでいてくれたら――」

そこまで言ったところで、鬼瀬がとつぜん、奈緒を抱きしめた。

しっかりと、でもやさしくていねいに。

そしてささやく。

「ヤバい……幸せすぎて、バカになりそう……」

奈緒も負けないくらい幸せだった。

鬼瀬の背中に腕をまわし、ぎゅっと抱きしめる。

「夢じゃないよな？」

体をはなした鬼瀬が、なぜか奈緒のほおを指でつまんだ。

奈緒も同じように、鬼瀬のほおをつまむ。

「いっしょにつねろ？　せーの」

二人でほおをつねってみた。

「いてぇな」

「痛い……」

思わず二人は笑いだした。

夢じゃない。
これは、とてもとても幸せな、現実。

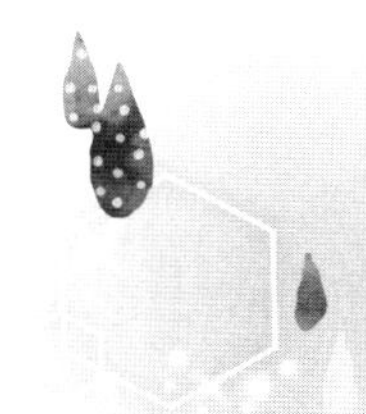

隠(かく)された想(おも)い

お弁当(べんとう)を食(た)べるのもいっしょ。

学校(がっこう)から帰(かえ)るのもいっしょ。

奈緒(なお)と鬼瀬(おにせ)は、ほかのことなんてなんにも見(み)えなくなるほど幸(しあわ)せだった。

家(いえ)に帰(かえ)ってしまうのが惜(お)しくて、制服(せいふく)のまま寄(よ)り道(みち)をする。

二人(ふたり)のお気(き)に入(い)りはショッピングモール。

ウィンドウショッピングをしたり、甘(あま)いアイスクリームを食(た)べたり。なにをしていても、二人(ふたり)いっしょなら楽(たの)しかった。

「うまいな、これ」

鬼瀬(おにせ)が、口(くち)の横(よこ)にアイスクリームをつけて言(い)う。

「鬼瀬(おにせ)くん、ついてる」

奈緒が指でぬぐうと、鬼瀬は照れくさそうに笑った。

こんな日がずっと続けばいいな、と奈緒は思う。

きっと大丈夫。

二人ならきっと。


その週末。

奈緒と鬼瀬は、かしこまってカフェ「フェリーチェ」の店内に立っていた。

鬼瀬の赤い髪が、黒に変わっている。スプレーで染めたのだ。

しかも、日曜日なのに、鬼瀬が着ているのは学校の制服。

「はじめまして。鬼瀬大雅と申します」

鬼瀬は、カウンターの中にいる宗介に挨拶する。

「うん。お客さんいないんで、好きなとこどうぞ」

宗介は少し不愛想に答え、レモンをとりにカウンターからでていく。

そのあいだに、奈緒はこっそり鬼瀬に聞いた。

「髪、どうしたの？」

「スプレーで。いやほら、だって」

「なんで制服？」

「こういうときは制服だろ。じいちゃんの葬式のときも制服だったし……」

「今日はお葬式じゃないよ～」

とにかく、鬼瀬にとってはお葬式と同じくらい、きっちりした身なりで行かなければいけない場所だと思っていたのだ。

そして、ガチガチに緊張していた。好きな場所に座っていいと言われても、立ちっぱなしで固まっていた。

レモンを持ってカウンターに戻ってきた宗介は、鬼瀬にたずねる。

「奈緒の友だち？」

宗介が、まな板の上にレモンを置き、切りはじめた。ずっと下を向いたままだ。

「ああ、あの……友だちじゃ、ありません」

鬼瀬は、指先までビシッと伸ばして立ち、深くお辞儀をした。

「奈緒さんと、結婚を前提におつき合いさせてください！」

宗介はなにも答えず、レモンを切りつづけている。

鬼瀬は、お辞儀していた頭をゆっくりとあげ、思いのたけをぶつけた。

「宗介さんには、ちゃんと挨拶しなきゃと思って。奈緒さんのことは、ぜったい幸せにします。ぜったいに、守ります！」

奈緒はとても幸せで、ウキウキしていた。

こんなに誠意をこめて挨拶に来た鬼瀬を、宗介もきっと気に入るはず。

そう思いながら、横に立つ鬼瀬を、そっと見あげてほほえむ。

すると宗介が、今までの流れをさえぎるように言った。

「……奈緒、ちょっとレモン買ってきて」

「えっ？」

(どうしてこんなときに？)

宗介は、あたふたしている奈緒にお金をわたし、サッと店のドアを開ける。

まるで奈緒を追いだすかのようだった。

奈緒が外へでていき、ドアを閉めると、店内は宗介と鬼瀬の二人だけになった。

「なにか飲む？」

「いえ、ありがとうございます」

ふたたびカウンターに戻ってレモンをカットしはじめた宗介は、顔をあげずに鬼瀬へ質問を投げかける。

「……奈緒を、守るって？」

「はい」

「どうやって？」

「え？」

「守るって、どうやって？　具体的にどうするの？」

具体的に、と言われ、鬼瀬はとまどってしまった。

正直、そこまで考えていなかったし、一生懸命に伝えれば、気持ちはわかってもらえると思っていたのだ。

宗介は、ナイフを持つ手元を見たまま、まだ顔をあげない。

鬼瀬は苦しまぎれに答えた。

「……それは……命かけても守ります」

すると、宗介は大声をあげた。

「命かけてって、死んだら守れないだろ！」

鬼瀬は、思わずビクッと身をちぢませた。

宗介の真剣なまなざしに圧倒されてしまう。

「鬼瀬くんを失って悲しむ奈緒に、死んだらなにもしてやれないだろ……」

そのとおりだ。

しっかり考えれば、そのくらいわかったはず。

なのに、上っ面な言葉で「守る」なんて軽々しく言ってしまったことを、鬼瀬は恥ずかしく思った。

「あいつは九年前に、一番大事な人を亡くした」

「……聞きました。ご両親を事故で……」

「それまでは、なんにも物おじしない活発な子だった。大切な人を亡くした悲しみで、あいつの心はもろくなった。鬼瀬くんは知ってるかもしれないけど、『ムリ』『怖い』が、あいつの口ぐせになっちゃったんだよ」

あの口ぐせは、ずっとむかしからのものだろうと、鬼瀬は思っていた。

ふだんの奈緒は、あまり泣きごとを言わない。だから初めて聞く話だった。

鬼瀬は、奈緒が抱いてきたさびしさを想像した。

すると、自然と目に涙がたまっていった。

「俺はね、なにがあってもあいつのそばからは、いなくならないって決めた。ここで『おかえり』って言ってやるって。なにがあっても。その覚悟、鬼瀬くんにある？」

鬼瀬は、なにも答えられなかった。

目を見開き、まっすぐに立っていることしかできない。

「きみに、あいつは守れないよ」

だれかを守るのは、口で言うほど簡単じゃない。

その現実をつきつけられ、鬼瀬はがっくりと視線を落とした。

奈緒がレモンを買い、店へ戻ると、もう鬼瀬はいなかった。

「鬼瀬くんは？」

「帰った」

「えっ？」

カウンターの中でグラスをふく宗介は、奈緒を見ようとしない。

なにかあったのだろうか、と心配になる。

宗介は、顔をあげず、ぼそっとつぶやいた。

「……あいつは、やめとけ」

奈緒は息が止まりそうになった。

まさか、反対されるとは思っていなかったのだ。

見た目が不良みたいだから？　それとも私たちがまだ高校一年生だから？

反対される理由がわからない奈緒は、つい大声で怒鳴ってしまう。

「なんでそういうこと言うの!?」

宗ちゃんはわからずやだ！

本当の鬼瀬くんのことなんて、ちっとも知らないくせに！

奈緒は乱暴にドアを開け、外へかけだしていった。


駅までの道をしばらく走ると、鬼瀬のうしろ姿が見えてきた。

「鬼瀬くん！」

立ちどまった鬼瀬に、やっと追いつく。

鬼瀬は、すっかり元気をなくしていた。

「ごめん。俺、深く考えないで命かけるとか言って」

「鬼瀬くん……」

「でも、小暮のために命張れるっていうのは、うそじゃない」

宗介とのあいだに、なにがあったかはわからない。

けれど、鬼瀬のことを信じようと、奈緒は思った。

今はだめでも、いつかはきっとわかってもらえるはずだから――。

鬼瀬は、アパートに戻ると真っ先に、黒く染めた髪を洗った。

見た目だけととのえて、きれいごとを言って、それで認めてもらおうとした自分を、すぐにでも消したかったのだ。

黒い水がぼたぼたと落ちてくる。

まるで自分みたいだ。

鬼瀬は知らぬ間に涙を流していた。


奈緒が飛びだしていったあと、宗介はカウンターでしばらくぼうっとしていた。

外はもう暗い。

明かりもつけずに座っていると、頭の中に、子どものころの奈緒がうかんでくる。

奈緒の父のレシピノートを見て、オムライスの作りかたを特訓したこと。

「怖い」「ムリ」ばかり言う奈緒といっしょに、補助なし自転車にのる練習をしたこと。

どれも、今は楽しい思い出だった。

奈緒のために必死になってきたことを、宗介は後悔していない。


しばらくすると、鬼瀬を追いかけていった奈緒が、店に戻ってきた。

「おかえり」

宗介が声をかけても、奈緒は返事をしない。ためらいがちにうなずいただけで、自分の部屋へ行ってしまった。


奈緒は部屋に戻り、どんよりとした気持ちで椅子にこしかけた。

部屋に飾ってあるたくさんの写真立てを、ひとつひとつ眺めていく。

中学校の卒業記念に、宗介といっしょに撮った写真。

オムライスを持つ宗介と並んで笑っている写真。これは小学生のころだ。

そんななつかしい写真を見ているうちに、奈緒は思った。

（宗ちゃんと、話をしなくちゃ）

さっきは返事もせずに逃げてしまったけれど、このままでいいわけがない。

なにか誤解があったとしても、話せばきっとわかってもらえるはずだ。

奈緒は立ちあがると、カフェのある一階へおりていった。


すると、なにやら話し声が聞こえてくる。

「この前の話、正式に空きができたの」

聞きおぼえのある声。

奈緒がそっと店をのぞくと、カウンター席に、以前店に来た女性が座っていた。

宗介の前の職場の同僚。

（たしか名前は、葵さん……）

「宗介くんが復帰するっていうなら、みんな歓迎すると思う」

カウンターの中に立っている宗介は、ただだまって葵の話を聞いている。

すると葵は、クリアフォルダに入った資料のようなものを差しだした。

表紙には『ロケット打ちあげ計画書』と書いてある。

「来年の頭には、新しいプロジェクトが動きだすから、いっしょに種子島に来てほしいの」

「……種子島。なつかしいな」

と、宗介は資料を手にとり、パラパラとめくる。

「打ちあげの成功を見届けるのが夢だったんでしょ？」

葵は期待いっぱいの目で、宗介を見あげた。

「奈緒ちゃんも、もう高校生になったんだし、そろそろまた好きなことをやっても――自分の夢を追いかけても、だれも責めないよ？」

それを聞き、奈緒の胸はドキリとした。

(宗ちゃんの、好きなことって……!?)


以前、宗介はこう言っていた。

――いやほら、俺は前の仕事、ぜんぜん向いてなかったからさ。のんびりカフェやれてよかったよ。

あれは本心じゃなかったのだ。

でもそれは、奈緒に気をつかわせないためについたうそ――。


カウンターの中で話す宗介は、少しさびしそうな顔をしていた。

「奈緒のそばにいてやりたいんだよ。あいつの笑顔が、俺の幸せなんだ」

宗介の言葉を耳にしたとたん、奈緒の目から涙がこぼれおちた。

宗介たちに気づかれないようにそっと階段をあがり、部屋へ戻る。

ドアを閉めると、堰を切ったように泣きだした。

「なにもわかってなかった。なにも……」


宗介の夢は、カフェをやることなんかじゃない。

ロケット開発の仕事が好きで、打ちあげを成功させるのが夢だった。

なのに、その夢を捨ててまで、奈緒といっしょにいてくれた。

なにも知らない奈緒は、そのやさしさに、ただ甘えていただけだったのだ。

ガレージの罠

あの日から、奈緒はカフェをよく手伝うようになった。

宗介に「種子島へ行って夢をかなえてほしい」と伝えたかったけれど、言いだすことができないままだ。

宗介はたまに、なにかを考えるように遠くを見つめるようになった。

仕事には復帰しないと断ったものの、まだ胸のどこかに、プロジェクトのことがひっかかっていた。

鬼瀬は勉強をはじめた。二年後、栄養士になるための学校に進学する。

今までぼんやりとしか描いていなかった将来の夢。それを実現しようと、心に決めた。

「宗介さんと、もう一回話がしたい」

学校からの帰り道、鬼瀬は奈緒に言った。

もう一度話をして、自分がちゃんと将来について考えていることを伝えたかった。

「うん」

「俺さ——」

と言いかけたところで、鬼瀬はとつぜん立ちどまった。

ガラの悪い男が、路肩に停めたバイクにまたがっている。男は、いっしょにいる派手な女性とキスをし、だらしなくニヤついている。

あの男は知っている。

中学生のころ、雨の日に路上でなぐりあいをした大学生グループのリーダーだ。

名前はたしか……郁巳とかいったはず。

鬼瀬につられて奈緒も足を止め、顔をあげる。

「あの男の人……」

奈緒がつぶやくと、鬼瀬が驚く。

「知ってんのか？」

「かよちゃんの彼氏さん」

「えっ？」

鬼瀬のことをボコボコにした男が、矢代かよの彼氏だったとは……。

かよは、この男の正体を知らないのかもしれない。

知っていれば、頭のいいかよがこんな男に近づくはずがない。

鬼瀬に気づいた郁巳は、ニヤリと笑うと、バイクをおりてフラフラと近づいてきた。

「あれ？　あれれれれ？」

郁巳におびえる奈緒を、鬼瀬はとっさに抱きよせる。

郁巳は鬼瀬たちのまわりをからかうように歩き、奈緒の髪を指でシュッとはじいた。

「おおー、彼女さんだ」

二人がだまっていると、郁巳はなれなれしく鬼瀬の肩に手をまわした。

「俺ねぇ、こいつのせいで前科つけられて、医大辞めさせられるとこだったんですよぉ」

郁巳はねちっこいしゃべりかたで、二人に因縁をつける。

「いやぁ、なんか、いきなりからまれてぇ、警察沙汰になっちゃって。いろんなやつボコったこととか、バイクをパクったこととかあるのが警察にバレちゃって、大変だったんですよぉ」

アハハハハと意地悪く笑う。

「なに笑ってんだ……」

鬼瀬は、肩にかけられた郁巳の腕を押しのけた。

奈緒がおそるおそるたずねる。

「かよちゃんとは別れたんですか？」

さっき、かよとはべつの女性とキスをしていたからだ。

郁巳は、面白がるような口調で答えた。

「……へぇ。おまえら、かよの知り合いなんだぁ」

鬼瀬はそれまで、怒りを爆発させないように耐えていた。

けれど、友だちのことをバカにされたように感じて、ついに我慢できなくなり、郁巳の胸ぐらをつかむ。

「矢代に近づくな！」

奈緒が怒りをしずめようと「鬼瀬くん……」とつぶやく。

郁巳は「おいおいおい」と両手を開いて降参のポーズをとりながらも、ヘラヘラ笑いつづけている。

鬼瀬が手をはなすと、こんどは郁巳が鬼瀬の胸ぐらをつかんだ。

「あいかわらず、いきなりからんでくんのな」

鬼瀬はまた、ぐっと我慢した。

こんなところで挑発にのるわけにはいかない。もうケンカはしないと決めたのだ。

郁巳は鼻で笑うと、ゆっくりと手をはなし、鬼瀬をにらんだ。

「変わってなくてうれしいよ。じゃあまた」

そう言いのこし、バイクにのって去っていった。

鬼瀬はもう、感情にまかせてケンカをすることはやめていた。それでもいらだつ。

この怒りどこへ向けたらいいのか、わからない。

奈緒は、そんな鬼瀬のことが心配でたまらなかった。

数日後、授業がはじまる前に、鬼瀬と奈緒、それから三咲は、かよを屋上に呼びだした。

三人とも、郁巳とつき合っているかよのことが、気がかりだったのだ。

屋上に現れたかよは、ほおに青黒いアザを作っていた。

それは、どう見てもなぐられたアザ——。

「それ、どうしたの？」

奈緒がかけよってたずねると、かよはアザを隠すようにそっぽを向いた。

「……べつに」

「あいつにやられたのか？」

鬼瀬が聞いても、かよはなにも答えない。

三咲は少しはなれた場所に立ち、不安そうにかよのことを見つめていた。

鬼瀬はどうにかかよを説得したかった。

「あんなヤバいやつとは関わるな」

「は？」

かよは、いらだたしげに鬼瀬をにらむ。

奈緒は、かよと鬼瀬のあいだに入る。

かよちゃんはきっと、あの人にだまされているんだと、奈緒は思った。

きっと、あの人の正体を知らないんだ。つらいけど、教えてあげないと……。

「かよちゃん、あの人、ほかの人ともつき合ってるよ？」

「知ってる」

「えっ？」

意外な言葉が返ってきて、奈緒はうろたえてしまった。

まさか知っていてつき合っているなんて、思いもしなかったのだ。

「でもいいの」

「……なんで？」

そう食いさがる奈緒に、かよは背中を向けた。

「中学のとき、毎日つまんなすぎて、いつ死んでもいいやって思ってた。でも郁巳くんがあたしのこと好きって言ってくれて。あたしがいないとダメだって言ってくれたから、毎日が楽しくなった」

そこまで言うと、ゆっくりと奈緒のほうへふりかえる。

「あたしがこれでいいって言ってんだから、べつによくない？」

よくない。ぜんぜんよくない！

詳しい事情はわからない。でもあの人といっしょにいて幸せになれるはずがない。

奈緒はそう思い、立ちさろうとするかよの腕にすがりついた。

「かよちゃん!!」

「はなして」

「かよちゃんが傷つくのわかってて、放っておけないよ」

かよが、奈緒の手をふりはらう。

「ビビリでなにもできないくせに、エラそうなこと言わないでよ！」

奈緒はつらかった。かよのことを助けたい。

でも、どうしたら助けられるの？

かよがきびすを返し、屋上からでていこうとする。

それを、三咲がさえぎった。

かよは、目の前に立ちはだかる三咲をにらむ。

「なに？」

「おまえ、今すっげぇダサいよ」

そんなこと、かよは自分でもよくわかっていた。

だけど、どうしようもできないでいる。

さびしさを癒してくれるのは、郁巳だけだから……。

「うるさい!!」

悔しまぎれにそう叫ぶと、三咲が呼ぶのも聞かず、走って屋上をあとにした。

◇◇◇

その日の放課後。

かよは、郁巳に呼ばれ、郁巳の使っているガレージに行った。

敷地には、コンテナやトレーラーハウスなどがたくさん並んでいる。

ガレージの中へ入ると、車やバイク、ホイール、工具などのほかに、ソファやテーブルなどが置いてある。

テーブルの上にはウィスキーのビンや、ビールの空き缶が無造作にのっていた。ダーツゲームやギターなどの遊び道具もある。

ガレージは完全に、不良仲間たちのたまり場になっていた。

かよはソファにこしかけ、今朝のことを思いだしていた。

郁巳がダメな人間だということは知っている。

でも、自分にはやさしくしてくれるし、なによりも好きだと言ってくれる――。

郁巳がかよのとなりに座り、やさしくほおに触れた。

「昨日、なぐってごめんな。鬼瀬のこと思いだしてさ」

「……ほかの子もなぐってんの？」

郁巳はほほえみ、かよの頭をいとおしげになでる。

「かよちゃんだけだよ。わかるだろ？　おまえにだけはぜんぶさらけだしてるんだよ。おまえが一番だから」

郁巳はかよの手をとり、ソファから立たせると、ぎゅっと抱きしめる。

「大好きだよ」

「……私も」

かよは幸せだった。

家にも学校にも居場所がなかったときに、かよの相手をしてくれたのは郁巳だけだった。

たまに機嫌が悪くて暴力をふるうこともあるけれど、ふだんはよくしてくれる。

かよがうっとりと目を閉じたそのとき、郁巳が言う。

「じゃあ、ちょっと協力してね」

「えっ!?」

つぎの瞬間、郁巳はかよのおなかに蹴りを入れた。

かよが気を失って床に崩れおちる。

郁巳は、かよのバッグからスマホを奪い、メッセージを送った。
悪魔のような顔をして——。

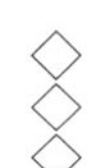

奈緒が帰宅したちょうどそのとき、スマホの着信音が鳴った。
見ると、かよからのメッセージだ。
『助けて。茅ケ崎5-6　エンジェルガレージ』
と、それだけ書いてあり、さっぱり意味がわからない。
（なんだろう……）
電話をかけてみた。
「かよちゃん？」
そう言ったとたんに、電話は切られてしまった。
おかしい。

いやな予感がする。

奈緒はスマホをポケットにしまうと、あわてて家を飛びだした。

メッセージに書いてあった住所なら、そう遠くはない。

もし、かよの身になにかあったら……。

必死に走りつづけてガレージへ着くと、引き戸が開いていて、中が見えた。

だれもいない。

ハァハァと息をはずませながら、ガレージに飛びこむ。

ところがつぎの瞬間、ガラガラと音を立てて、引き戸が閉まった。

ふりかえると、郁巳とその仲間二人が立っていた。戸の内側に隠れて、引き戸を閉め、奈緒を閉じこめたのだ。

「こんにちはぁ」

郁巳はそう言うと、不気味なほほえみをうかべた。

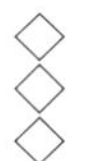

そのころ鬼瀬は、いつものように図書館で勉強をしていた。

スマホに着信があり、見ると奈緒からだ。

メッセージを開いた鬼瀬は、はっと息をのんだ。

『エンジェルガレージでお楽しみ中でーす』

すぐに、添付されていた写真を開く。

それは奈緒の写真だった。

郁巳に肩を抱かれ、うつむいて今にも泣きだしそうな顔をしている――。

「…………!!」

鬼瀬の心臓は、爆発寸前だった。

ガタッと椅子を鳴らして立ちあがり、バッグも教科書もそのままにして、図書館をかけだしていく。

郁巳がこんないやがらせをするのは、鬼瀬に復讐するためにちがいない。

鬼瀬をおびきだすつもりなのだ。

廊下ですれちがった三咲が、驚いて鬼瀬を呼びとめる。

「おいどうした!?」

鬼瀬はふりかえり、叫んだ。

「宗介さんのところに行ってくれ！」

三咲に事情を簡単に話し、鬼瀬はまた全力で走りだした。

奈緒との出来事が、うかんでは消える。


——小暮のいやがることはしない。悲しませるようなこともしない。小暮を、守る。約束する。

初めて弁当をいっしょに食べた日に、俺はそう約束した。

それなのに、俺のせいで小暮を危険な目にあわせてしまった。

小暮にもしものことがあったら……!!

――守るって、どうやって？　具体的にどうするの？

宗介さんにそう言われた。

でももう今は、覚悟ができている。

――鬼瀬くんがキスしてくれたときね、私、本当はすっごくうれしかったの。

そう言ってくれた小暮のことを、俺はぜったいに守る！

守りたい人

郁巳たちにつかまってしまった奈緒は、ソファにおとなしく座っていた。

どのくらい時間が経ったのだろう。

ガレージの外は、もう暗くなっているようだった。

奈緒は恐怖でおびえていた。でも泣いてはいない。

泣くもんかと思っていた。泣くくらいなら、逃げてやる！

奈緒はちらりとまわりの様子を見て、だれも近くにいないのをたしかめると、素早く走りだした。

けれど、すぐに見つかり、男二人に腕と頭をつかまれてしまう。

「じっとしてろ、オラ！」

怒鳴りつけられて体が震えた。でも、ぜったいに泣くもんか……。

すると、郁巳がニヤリと笑いながら近よってくる。
「きみはさぁ、エサなんだから、暴れないでよ」
これは郁巳の罠だった。奈緒を使って、鬼瀬をここに来させるための罠。
郁巳がグイッと奈緒を上向かせ、平手をかまえた。
（なぐられる……）
奈緒がそう思った、まさにそのときだった。
ガレージの引き戸がガラガラと開く。
驚いた郁巳たちは、いっせいにそちらを見た。

鬼瀬が立っていた。
全力で走ってきたせいで、シャツとネクタイは乱れ、汗だくだ。
怒りに満ちた鋭い目で、郁巳たちを見る。

「鬼瀬くん！」

奈緒が叫ぶと、郁巳は「遅いよぉ」とわざとじれったそうな声をあげる。

鬼瀬は震える声で怒鳴った。

「俺に復讐したいなら、俺をなぐればいいだろ！」

こんな卑怯な手を使うなんて、許せない。

鬼瀬がにらみつけると、郁巳は「そのつもりだけど」とにやける。

「おまえにはさぁ、俺の大事な父さんの信用を奪われちゃったからなぁ。おかげさまで、父さんの病院を継げるか微妙なんですよぉ。アッハハハハ！」

「抵抗はしないから、好きなだけやれよ。そのかわり、小暮ははなせ！」

抵抗しないというのは、本当だった。

もうケンカはしないと決めていた。だから暴力をふるう気はない。

鬼瀬が襲ってこないことがわかると、郁巳の仲間の一人が、「かっこつけてんなよ！」

と叫びながら迫ってきた。

鬼瀬は蹴られ、ガレージの外にふっとぶ。

奈緒がかけよろうとすると、べつの男に腕をつかまれてひきもどされてしまった。

「鬼瀬くん！」

のどをからして叫んだが、男に腕を押さえられているので動けない。

鬼瀬は反撃しなかった。

無抵抗なのをいいことに、郁巳は容赦なく暴力をふるう。

「それじゃあ、いかせていただきますよぉ」

と言って気味悪く笑い、そばに停めてあった車に鬼瀬を押しつけ、ひざ蹴りを入れた。

「うっ……！」

苦しげにうめく鬼瀬を、さらになぐりとばす。

鬼瀬はボンネットにのりあげ、どすんとアスファルトへ転がりおちた。

それを見て、男たちがアハハハと高笑いする。


「……やめてっ！」

奈緒は何度も叫んだ。

まるで自分がなぐられたように、痛くて、苦しくて。

傷つけられていく鬼瀬を見ていられない。

お願い、もうやめて——。


鬼瀬は立ちあがることもできず、アスファルトの上でうめいた。

男の一人がやってきて、鬼瀬をむりやり立たせ、はがいじめにする。

そこを、郁巳がまたなぐりかかる。

鬼瀬の口から血が飛んだ。

「もうやめて！」

奈緒は、自分の腕をつかんでいる男をふりはらおうと、必死に身をよじる。

すると、ふいに腕が軽くなった。男の手がはなれたのだ。

奈緒は、倒れた鬼瀬にかけよった。

「鬼瀬くん!!」


鬼瀬の脚は、もうフラフラだった。

口の中が切れ、唇から血が流れていた。
制服のシャツも、土と血で汚れている。
それでも奈緒をかばうようにして立ちあがる。

「……俺は……小暮を守るって決めたんだよ――」

奈緒の前に立った鬼瀬は、両手を自分の体のうしろにまわした。
まるで、「心配するな」と言っているかのようだった。
奈緒はその手をぎゅっとにぎった。
いつもやさしくつないでくれる手が、今は冷たく汚れている。

「――約束したんだよ!!」

鬼瀬が力いっぱい叫んだ。

こんなにボロボロになっていても、鬼瀬は奈緒を守ろうとしている。

奈緒のほおを、涙が流れた。

それまで泣かずに我慢していたのに、ついにこらえきれなくなったのだ。

そんな二人に、郁巳たちが襲いかかろうとした瞬間——。


「痛ってぇ！」

とつぜん、郁巳が目を押さえて叫びだした。

仲間の男たちが、あせって郁巳のそばに寄っていく。

見ると、郁巳の顔は赤い液体でぐっしょりぬれていた。

これは……血!?

「い……痛てぇ！」

そうわめきながら苦しがる郁巳をつれて、男たちは車へと走っていく。

鬼瀬と奈緒は、いったいなにが起きたのかわからなかった。

視線を移すと、コンテナのうしろに二人の人影が見えた。

宗介と三咲だ。

二人はチリソースのチューブを持って立っていた。

さっき郁巳の顔にかかった赤い液体は、唐辛子入りのチリソースだった。

三咲は、学校からそのまま宗介のカフェへ行き、事情を話して宗介をここまでつれてきたのだった。

「大丈夫か!?」

宗介が鬼瀬に肩を貸し、奈緒もいっしょに寄りそう。

鬼瀬は立ちあがるのもやっとだ。それでも歩くことはできそうだった。

それを見て、三咲が叫ぶ。

「鬼瀬、小暮。逃げろ！」

三咲は一人、ガレージのあるほうへ走っていく。

捕まったかよが、どこかにいるはずだ。

かよのことは、俺がぜったいに助ける。

そう強く思いながら、ここまで来たのだ。


目をやられた郁巳たちは、車にのって逃げていく。

それを確認すると、三咲はガレージの中へ飛びこんでいった。

しかし、かよの姿はどこにもない。

「おい、矢代！　どこだ！　クソッ！」

三咲は庭にでて何台か停まっているキャンピングカーの中を、窓からのぞいてまわった。

「矢代！」

何台目かのキャンピングカーの中で、かよはうしろ手にしばられ、ベッドの上に寝かされていた。口はタオルでふさがれている。

三咲は胸がつぶれそうになった。

力任せにドアを開け、中へ飛びこむ。

「矢代！　大丈夫か！」

かよはぐったりしていたが、わずかにうなずいて返事をする。

三咲は大急ぎで、手をしばっているロープと口元のタオルをほどき、かよを抱きおこした。

こんなことをする郁巳が許せなかった。

もうどんなことがあっても、矢代を郁巳の元になんて返さない！

三咲は、そう心に決めた。

◇◇◇

宗介と奈緒は、鬼瀬を両脇で支えながら、人気のない埠頭まで歩いた。

ここならもう、郁巳たちも追ってこないはずだ。

ひとまず地面に座ると、鬼瀬は真っ先に奈緒のことを気づかった。

「ケガ、ないか？」

「鬼瀬くんが一番ケガしてるくせに」

奈緒が泣き笑いの声で答えると、鬼瀬がハハハと笑った。

「……そりゃそうか」

やっといつもの笑顔を見られて、奈緒はほっとした。

宗介も、ようやく息をつくことができた。

救急車を呼ぼうと、ポケットからスマホをとりだす。ケガをしている鬼瀬を、早く手当てしてやりたかった。

しかし、鬼瀬は奈緒に支えられながら立ちあがり、宗介を止めた。

「大丈夫です。これくらい」

口調はしっかりしていた。

以前、奈緒とつき合いたいと言いにカフェへ来たときよりも、ずっと大人びて見える。

宗介はスマホをしまった。救急車なんて、必要なさそうだ。

心配そうに見あげる奈緒に、鬼瀬は静かに語りかけた。

「俺、決めたんだ。宗介さんみたいに、いつも小暮を『おかえり』ってむかえようって」

鬼瀬はずっと、それを伝えたかったのだ。

奈緒にも、宗介にも。

「だから卒業したら、調理師免許とか栄養士の資格とかもちゃんととって、店を持つために修業しようって。それくらいしか、俺なりに小暮を守る方法、思いつかなかった」

奈緒は震える声で言った。

「……もう、守らなくていいよ」

鬼瀬くんを見あげると、涙がこぼれた。

「鬼瀬くんは、たくさん私を守ってくれた。鬼瀬くんのおかげでいじめられなくなったし、トンネルで動けなくなったとき、助けに来てくれた。こんなビビリでヘタレな私のこと、好きって言ってくれた。まっすぐ気持ちをぶつけてくれた」

いつでも痛いくらいにまっすぐだった。

そして、いつの間にか好きになっていた。

いつの間にか、自分よりも大事な人になっていた。

「私、鬼瀬くんのために強くなる。こんどは私が鬼瀬くんを守る。守りたい」

今なら宗介の気持ちがわかる。

守りたい人ができた今なら。

「宗ちゃんは、今までぜんぶを犠牲にして、私のそばにいてくれた。私はなにもわかってなかった」

「奈緒……」

宗介を見ると、また涙があふれて止まらなくなった。

でも口元はほほえんでしまう。

ありがたくて。

うれしくて。

「私なりに、宗ちゃんのためにできることってなんだろうって考えて、強くなることなんだって思った。宗ちゃん、私はもう大丈夫。もうビビらないし、ヘタレもしない。なにがあっても守りたい人ができたから」

宗介は涙をこらえて奈緒を見つめ、何度かうなずいた。

すると、鬼瀬がつぶやいた。

「……ちがうよ」

「え？」

奈緒が見つめると、鬼瀬も見つめかえす。

「小暮はもう、とっくに俺のこと、守ってくれたんだよ」


そう。

あの日。

中学生だった鬼瀬は、雨の中で郁巳たちと乱闘をした。

力尽きて歩道に座りこんだ鬼瀬の前を、セーラー服姿の女の子が通りかかる。

一度は通りすぎたのに、女の子はまた戻ってきた。

そして、雨にぬれないように、鬼瀬に赤い傘を立てかけた。


それが、奈緒だった。

奈緒は、ぼろ雑巾のようにうなだれている鬼瀬の手に、ミツバチの絵がついた絆創膏の箱をにぎらせた。

そのまま、ずぶぬれになりながら、走りさった。

鬼瀬の目からは、あとからあとから涙があふれた。

絆創膏の箱をにぎりしめ、肩を震わせて泣いた。

見も知らぬ女の子のやさしさが、痛いほど胸を刺す。

あの子は、こんな自分のために、雨の中、傘もささずに帰っていったのだ。

俺は、今までなにをしていた？

自分はひとりぼっちだと勝手に思いこんで。

ヤケになって人を傷つけることしかしなかった――。

鬼瀬は、奈緒が置いていった傘をさし、ほおに絆創膏を貼る。

家へ帰ると、母が部屋をかたづけていた。鬼瀬が暴れて荒らした部屋だ。

母は傷だらけの鬼瀬を見て驚く。

「どうしたの!?　そんなにびしょびしょになって！」

母は鬼瀬の手をひいて座らせると、タオルで頭をごしごしふいた。

今までことあるごとに反抗して、ひどい言葉を吐いたりしてきたのに、それでもこうして母は心配してくれる。

鬼瀬は、自分がどれほど自分勝手でわがままだったかを思い知った。

「……母さん」

「ん？」

鬼瀬はこみあげる涙をこらえて、母のほうへ向きなおった。

「……ごめん。俺、たださびしかっただけなんだ」

「うん……」

母がやさしくほほえんで、鬼瀬の髪をくしゃくしゃにしてなでる。

母も涙声だった。

やっとお互いに、ちゃんと向きあうことができ、うれしかったのだ。

「俺、一からやりなおす。母さんのことも、守るから」

「『も』って、ほかにもいるの？」

母がからかうような口調でそう言うと、鬼瀬は答えた。

「……守りたいと思ってる人が、いる」


小暮奈緒。

赤い傘の柄に、名前のシールが貼ってあった。

だから、入学式で奈緒の名前を見たとき、これは運命だと思った――。


埠頭を、心地よい夜の風がふきぬけていく。

ときどき、遠くの灯台の光が、鬼瀬と奈緒、宗介の三人を照らす。

「小暮のおかげで、俺は立ちなおれた。やさしくなれたんだ」

鬼瀬が見つめると、奈緒はやさしくほほえんだ。

そんな二人に、宗介はまぶしそうな、少しさびしそうなまなざしを向けて言う。

「いつも、奈緒が強くなってくれることを願ってた。なのに……なのに、なんでこんなさびしいんだろうな」

「宗ちゃん」

宗介は、照れくさそうに笑う。

「子ばなれもできない、本当にバカって言うか、ダメな大人だよ。でもな、ずーっと奈緒と二人だったんだ。なんか、情けないな、俺」

すると、鬼瀬がぐすぐすと泣きはじめた。

「なんでお前が泣くんだよ」

宗介が鬼瀬の肩をぽんと押す。

「すんません」

鬼瀬はシャツの袖口で涙をふく。

それでもしばらく涙は止まらなかった。

◇◇◇

つぎの日の放課後、かよは、郁巳がいつもいるバイクショップまで行った。

郁巳に呼びだされたのだ。

「かよちゃん、来てくれたんだぁ」

だまっていると、郁巳は近づいてきて、かよの頭をなでた。

「昨日はごめんな。でも、おまえなら俺の気持ちわかってくれるよな？」

かよの心に、昨日の恐怖がよみがえってきた。

おびえた目で郁巳を見る。

と、そのとき。

三咲がとつぜん現れ、郁巳をつきとばした。

足もとをふらつかせた郁巳に、三咲はおどおどしながら叫ぶ。

「お……俺の大事なもんに、これ以上近づくんじゃねぇよ！」

かよが驚いて息をのむ。

「あぁ？　なにおまえ」

郁巳は、三咲のことなどまるで相手にしていないようだった。かよに近づき、つれていこうとする。

三咲は、郁巳とかよのあいだにぐいっと体を入れて、それを邪魔した。

郁巳が押しのけようとしても、足をふんばって立ちはだかる。

イラついた郁巳は、チッと舌打ちをした。

「はぁ？　なにおまえら。ガキ同士で青春ごっこでもしてろよ」

さすがにあきらめたようだ。吐きすてるようにそう言うと、立ちさってしまった。

緊張がとけた三咲は、はぁっと大きく息をつく。

実はものすごく怖かったのだ。まだ足がガクガク震えている。

そんな三咲を見て、かよは不愛想に言った。

「なんでいるの？　あとつけてたの？」

「……俺も……大事なもん守るって決めたから」

三咲のやさしさは、郁巳のようなニセモノではない。

心から相手の幸せを願う、本物のやさしさだ。

かよにもそれが伝わった。気持ちがすっとおだやかになっていく。

思わず笑みをこぼすと、三咲もほっとしたように笑った。

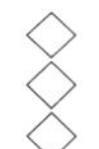

高校に入学して三か月ちょっと。

奈緒は最近、自転車で登校している。

「行ってきます」

「気をつけてな」

玄関先で宗介に見送られながら、奈緒はペダルをこぎだした。

初夏の日差しはさわやかで、気持ちのいい風がふいている。

しばらくして公園に差しかかったところで、

「奈緒——！」

追いかけてきた宗介に呼びとめられた。あわてて自転車のブレーキをにぎる。

こんなところまで追いかけてくるなんて、いったいどうしたんだろう。

「私、なにか忘れ物した？」

宗介は息を切らせ、膝に両手をついて呼吸をととのえている。

「……いや、俺――」

宗介はふうっと息をついて、とつぜん奈緒ののっている自転車の荷台をつかんだ。

「――自転車を押させてくれ」

「えっ……ちょ……宗ちゃん」

奈緒がびっくりしているのもかまわず、自転車を押し、公園から路地へでる。

「奈緒、重くなったな。ほら、前見て、こぐ」

「え？」


宗介は、奈緒が初めて補助輪を外して自転車にのった日のことを思いだしていた。

あのときも今と同じ場所で、今と同じように自転車を押した。

これからずっと奈緒のことを見守っていこうと誓った。

それはもう、何年も前の出来事だ。

宗介は、自転車を押しながら、奈緒に語りかける。

「なあ、奈緒。おまえは俺が、奈緒のためにぜんぶ犠牲にしたって思ってるかもしれないけど、それはちがうからな？」

「えっ？」

奈緒がふりかえった。

「ああほら、危ない、前向く！　俺は、おまえが幸せならそれでいい。おまえが笑顔でいてくれたら、俺はうれしい」

やさしい宗介の声を背中に聞きながら、奈緒はやわらかくほほえんだ。

「俺も、もう大丈夫だから。これからも、いっぱいいっぱい笑うんだぞ」

「うん」

「どこへでも好きなところへ行って――思いっきり幸せになれ！」

そこで宗介は、力いっぱい自転車を押しだした。

宗介の手をはなれた自転車は、前へ向かってすいすい進んでいく。
宗介は立ちどまり、奈緒のうしろ姿を見送った。
「いいぞ奈緒！　その調子！」
しばらく進むと、横道から鬼瀬ののる自転車が現れた。
二人は自転車を止め、宗介のほうへふりかえる。
奈緒が手をふる。
鬼瀬が軽くお辞儀をする。
そして二人はまた前を向き、いっしょに進みはじめた。

◇◇◇

登校前に、奈緒と鬼瀬は、海岸へ寄り道をした。
人気のない砂浜で、二人はあらたまって向かいあう。
鬼瀬は、赤いバラを三本たばねた花束を、サッと奈緒へ差しだした。

「つき合って三か月記念。一か月に一本ずつふえてく形式な。……そんで、このバラが百八本になるまで、ぜったいはなさないから」

「百八本？」

「うん。百八本のバラの花言葉は――」

鬼瀬は少し緊張して、

「――『結婚してください』」


にっこり笑った奈緒は、うれしすぎて思わず鬼瀬に飛びついた。

その拍子に、鬼瀬といっしょに砂の上に倒れてしまう。

「ごめんなさ――」

と奈緒が言いかけたところで、鬼瀬は奈緒の体をぎゅっと抱きしめた。

「すげぇ幸せ」

奈緒も同じように鬼瀬を抱きしめる。

「うん。私も」

二人は顔を寄せあって笑った。

日々はめまぐるしく過ぎていく。

泣いたり笑ったり、ささいなことで悩んだり。

それでもきっと、いつだって笑っていられる。

大好きな人がそばにいれば――。

エピローグ

――九年後。
鬼瀬に呼びだされた奈緒は、ひさしぶりに高校を訪れた。
待ち合わせの場所は、体育館の裏。
初めて鬼瀬が、奈緒に告白をした場所だ。
（あっという間だったな……）
奈緒はぐるっと見まわし、なつかしさをかみしめた。
今は二人とも、それぞれの職場で働いている。
鬼瀬はもう髪を赤く染めていないし、奈緒も大人っぽいストレートヘアだ。

奈緒より遅れて鬼瀬がやってくる。

その手には大きなバラの花束を抱えていた。

百八本の、バラの花束。

花言葉は――。


鬼瀬は花束を差しだす。

「小暮奈緒さん。俺の生涯をかけて幸せにします――」

緊張して、顔も声もこわばっている。

「――俺と結婚してください」

奈緒はにっこり笑うと、落ちついた声で答えた。

「はい」

受けとった花束は、ずっしりと重くて。

まるで鬼瀬の気持ちがそのまままつまっているよう。

「……うれしい」

そうつぶやくと、鬼瀬は花束ごと奈緒を抱きしめた。

今までも、そしてこれからも。

何年経っても変わらない。

ハチミツのように甘い甘い、恋のお話。

（おわり）

この本は、映画『honey』（二〇一八年三月公開）をもとにノベライズしたものです。

また、映画『honey』はマーガレットコミックス『honey』（目黒あむ／集英社）を原作として映画化されました。

honey(ハニー)
映画(えいが)ノベライズ みらい文庫版(ぶんこばん)

目黒(めぐろ)あむ　原作／カバーイラスト
はのまきみ　著
山岡潤平(やまおかじゅんぺい)　脚本

ファンレターのあて先
〒101-8050 東京都千代田区一ツ橋2-5-10 集英社みらい文庫編集部
いただいたお便りは編集部から先生におわたしいたします。

2018年 2月28日 第1刷発行
2019年 3月13日 第3刷発行

発行者　北畠輝幸
発行所　株式会社 集英社
〒101-8050 東京都千代田区一ツ橋2-5-10
電話　編集部 03-3230-6246
読者係 03-3230-6080
販売部 03-3230-6393(書店専用)
http://miraibunko.jp
装丁　+++ 野田由美子　中島由佳理
印刷　図書印刷株式会社　凸版印刷株式会社
製本　図書印刷株式会社

ISBN978-4-08-321422-6　C8293　N.D.C.913　166P　18cm

赤髪の不良少年・鬼瀬大雅（15）に
突然、呼び出された――

ピュアで不器用なふたりの
ドキドキの初恋から目が離せない！
honey ハニー 1 目黒あむ
『honey』目黒あむ 全⑧巻（集英社マーガレットコミックス刊）
大絶賛発売中！

映画ノベライズの一部本文を試し読み！

「明日また学校で！」

糸真が和央に声をかけると、二人が同時に振りかえった。

和央は笑顔で手をふり、弦はあっかんべーをしてくる。

なにそれ、ムカつく！

和央と笑顔で手をふりあっていた、しあわせな時間と空間が弦のせいでだいなしなんですけど！

そう思いつつ、糸真は二人の背中をじっと見ていた。

背の高い弦が、和央を守るように歩いていく。

弦がなにか声をかけると、和央がことわるように首をふった。

でも弦は自分のコートを脱いで和央の肩にかけた。

あいつ、自分は寒くないのかな。性格悪そうなくせに、和央にはやさしいんだ。

和央……。

その名前を胸の中でつぶやいただけで、胸がぎゅっとしぼられたようになる。

『たとえば、恋に落ちるとかかな！』

真智からのメールの文字が、よみがえってくる。

「おちる……？」

今度は声にだしてみた。

野球の試合で
足をケガしてしまった翔吾は、
しばらくの間、
松葉づえの生活に……。

夏月は翔吾をはげましたくて、
手作りのお守りマスコットを
プレゼントすることに！

そんなとき、
二人は思いがけず、クリスマスイブを
一緒にすごすことになって…!?

10巻目は
2019年3月22日(金)
発売!!

ひとりぼっちの
"放課後"

"素直"に
なれなくて

本当の"笑顔"

夢見る
"クリスマス"

キミと、いつか。

夢見る"クリスマス"

夏月と翔吾、おさななじみの二人が急接近――!?

宮下恵茉・作
染川ゆかり・絵

1〜9巻 好評発売中!!

1 近すぎて言えない"好き"

2 好きなのに、届かない"気持ち"

3 だれにも言えない"想い"

4 おさななじみの"あいつ"

5 すれちがう"こころ"

チーム怪盗JET

王子とフリョーと、カゲうすい女子!?

一ノ瀬三葉・作

うさぎ恵美・絵

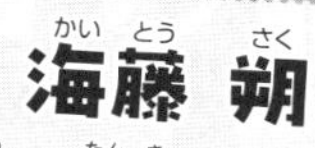

海藤 朔

中1。短気でぶっきらぼう。身体能力が高い。

浦方灯里

中1。極度にカゲがうすい。おひとよし。

スピード感あふれる超★怪盗コメディ。

3月22日㊎発売予定!!

GB＝GetBack（とられたものをとりかえす）という意味。

JET＝アカリたちのチーム名／黒玉という漆黒の宝石名。

ある依頼があって、GB怪盗事務所をおとずれた、アカリ。そこにはなぜか学園の王子・ヤマトと口の悪いサクがいて?? しかも、アカリは「カゲがうすい」ことを買われ、3人で怪盗チームを組むはめに!?

「みらい文庫」読者のみなさんへ

言葉を学ぶ、感性を磨く、創造力を育む……、読書は「人間力」を高めるために欠かせません。

たった一枚のページをめくる向こう側に、未知の世界、ドキドキのみらいが無限に広がっている。

これこそが「本」だけが持っているパワーです。

学校の朝の読書に、休み時間に、放課後に……。いつでも、どこでも、すぐに続きを読みたくなるような、魅力に溢れる本をたくさん揃えていきたい。読書がくれる、心がきらきらしたり胸がきゅんとする瞬間を体験してほしい、楽しんでほしい。みらいの日本、そして世界を担うみなさんが、やがて大人になった時、「読書の魅力を初めて知った本」「自分のおこづかいで初めて買った一冊」と思い出してくれるような作品を一所懸命、大切に創っていきたい。

そんないっぱいの想いを込めながら、作家の先生方と一緒に、私たちは素敵な本作りを続けていきます。「みらい文庫」は、無限の宇宙に浮かぶ星のように、夢をたたえ輝きながら、次々と新しく生まれ続けます。

本を持つ、その手の中に、ドキドキするみらい――。

本の宇宙から、自分だけの健やかな空想力を育て、〝みらいの星〟をたくさん見つけてください。

そして、大切なこと、大切な人をきちんと守る、強くて、やさしい大人になってくれることを心から願っています。

2011年 春

集英社みらい文庫編集部